# Learn French with Dark Mystery Stories

## French A1 Reader

**Brian Smith**

Le Mystère de l'Église Abandonnée     4

Le Secret du Manoir Gris     13

L'Ombre sur la Concession Française     22

Le Mystère de l'Île Saint-Paul     35

Secrets et Espionnage     45

Les Mystères de la Vallée     53

Les Secrets des Templiers     61

L'Ombre du Poing Rouge     73

Les Ombres du Paradis     86

Les Secrets Enfouis d'Ahaggar     94

Les Échos du Silence     105

Les Secrets de l'Hôpital     114

# Le Mystère de l'Église Abandonnée

## L'Arrivée d'Hélène

Hélène arrive en Bretagne pour ses vacances. Elle est très contente. Elle trouve un petit hôtel près de la mer. L'hôtel est joli.

Le premier soir, Hélène va à la plage. Elle marche et écoute la mer. C'est très beau. Elle voit des lumières dans une vieille église. L'église est près de la plage mais elle est abandonnée.

"Hmm, c'est intéressant," pense Hélène. Mais elle retourne à l'hôtel. La nuit, elle entend des bruits. Ce sont des bruits étranges.

Le matin, Hélène parle avec l'hôtelier. "Bonjour, monsieur. Pourquoi l'église est-elle abandonnée ?" demande-t-elle.

L'hôtelier répond, "Bonjour, madame. L'église est fermée depuis longtemps. Personne ne va là."

Hélène est curieuse. "Merci, monsieur," dit-elle. Elle décide de voir plus de la région. Elle visite des villages et des plages. C'est très joli.

Le soir, elle voit encore les lumières dans l'église. "C'est bizarre," pense-t-elle. Hélène prend son téléphone. Elle prend des photos de l'église et des lumières.

Quand elle prend des photos, Hélène se sent observée. Elle regarde autour d'elle. Mais elle ne voit personne. "Qui est là ?" se demande-t-elle.

Hélène trouve un chemin vers l'église. "Je vais enquêter demain," décide-t-elle.

Le lendemain, Hélène se prépare pour l'aventure. Elle prend son téléphone et une lampe. Elle rencontre l'hôtelier.

"Bonjour, Hélène. Où vas-tu ?" demande l'hôtelier.

"Bonjour. Je vais voir l'église," répond Hélène.

"Attention," dit l'hôtelier. "C'est un endroit étrange."

"Merci. Je fais attention," dit Hélène. Elle part vers l'église.

Hélène arrive à l'église. Elle regarde les lumières. Elle veut comprendre le mystère. Elle entre dans l'église. C'est sombre.

Hélène utilise sa lampe. Elle voit des choses étranges. Elle entend des bruits. Hélène a peur, mais elle continue.

Elle trouve des vieux livres. Elle trouve aussi une carte. La carte montre un trésor ? Hélène ne sait pas.

Elle entend un bruit derrière elle. Hélène se retourne vite. Mais il n'y a personne. "C'est très mystérieux," pense-t-elle.

Hélène retourne à l'hôtel. Elle a beaucoup de questions. Elle veut trouver les réponses. Le mystère de l'église est très intéressant pour Hélène. Elle va continuer à enquêter.

1. abandonnée - abandoned
2. aventure - adventure
3. bizarre - weird
4. curieuse - curious
5. église - church
6. étrange - strange
7. fermée - closed
8. lampe - lamp
9. lumières - lights
10. mystère - mystery
11. observée - watched
12. plage - beach
13. région - region
14. trésor - treasure
15. vieille - old

## L'Enquête Commence

Le lendemain matin, Hélène est prête pour son aventure. Elle prend une lampe de poche et son téléphone. Elle est très excitée.

Sur le chemin, elle rencontre un vieux pêcheur. "Bonjour," dit Hélène.

"Bonjour," répond le pêcheur. "Tu vas où ?"

"Je vais à l'église abandonnée," dit Hélène.

"Ah, l'église. Il y a des légendes sur cet endroit," dit le pêcheur. "Fais attention."

"Des légendes ? C'est intéressant. Merci," dit Hélène. Elle continue son chemin.

Hélène arrive à l'église en fin d'après-midi. L'église est grande et très vieille. Derrière l'église, elle trouve une petite porte. "Ceci est secret," pense-t-elle. Elle ouvre la porte avec prudence.

À l'intérieur de l'église, il fait sombre et silencieux. Hélène allume sa lampe de poche. Elle voit des traces de pas. "Quelqu'un était ici," pense-t-elle.

Soudain, son téléphone a un signal, mais c'est très faible. Elle regarde son téléphone. "C'est bizarre ici," dit-elle.

Hélène entend des voix derrière un mur. Elle suit les voix. Elle trouve un passage secret. "Oh là là !" dit Hélène.

Les voix se taisent. Hélène est très silencieuse. Elle prend des photos avec son téléphone. "Pour les preuves," pense-t-elle.

Elle sort de l'église très discrètement. Elle ne veut pas que les gens la voient. Hélène retourne à l'hôtel. Elle marche vite.

À l'hôtel, Hélène voit l'hôtelier. "Bonsoir, Hélène. Tout va bien ?" demande l'hôtelier.

"Bonsoir. Oui, tout va bien. Merci," répond Hélène. Mais elle pense, "Je dois être très prudente."

Dans sa chambre, Hélène regarde les photos. "C'est un grand mystère," dit-elle. Elle veut comprendre ce qui se passe à l'église.

Hélène décide d'enquêter plus. Elle veut savoir qui parle derrière le mur. Elle veut aussi savoir pourquoi l'église est abandonnée mais avec des gens à l'intérieur.

"C'est dangereux, mais c'est important," pense Hélène. Elle prépare son plan pour le lendemain. Hélène veut trouver les réponses à ses questions. Elle est très courageuse.

"Demain, je retourne à l'église," dit Hélène. "Je vais découvrir le secret." Hélène est prête pour la prochaine partie de son aventure.

1. après-midi - afternoon
2. aventure - adventure
3. courageuse - brave
4. discrètement - discreetly
5. enquêter - to investigate
6. excitée - excited
7. légendes - legends
8. mystère - mystery
9. passage - passage
10. pêcheur - fisherman
11. poche - pocket
12. prudente - careful
13. secrets - secrets
14. signal - signal
15. traces - tracks

**Les Menaces**

Le matin, Hélène trouve un message sur son téléphone. Le message est anonyme. Il dit : "Arrête tes recherches." Hélène a un peu peur, mais elle veut continuer. "Qui a envoyé ça ?" pense-t-elle.

Elle descend pour le petit déjeuner. À la table, elle montre le message et les photos à l'hôtelier. "Regardez ça," dit-elle.

L'hôtelier est très surpris. "C'est dangereux, Hélène. Fais attention," dit-il.

Mais Hélène veut trouver plus d'informations. Elle retourne à l'église. À l'intérieur, elle trouve des boîtes cachées. Elle ouvre une boîte. Il y a des documents et des armes. "C'est très sérieux," dit Hélène.

Quand elle sort de l'église, elle voit des hommes. Ils la regardent. Hélène a peur. Elle court et se cache. Les hommes ne la trouvent pas.

Hélène retourne à l'hôtel. Elle appelle la police. "Bonjour, je veux rapporter quelque chose de suspect," dit-elle.

Mais la police est sceptique. "Nous allons voir," disent-ils. Hélène n'est pas contente. "Ils ne comprennent pas," pense-t-elle.

Le soir, Hélène reçoit plus de messages. "Ne cherche pas," disent les messages. Hélène ne peut pas dormir. Elle est très inquiète.

Le lendemain, elle va voir le pêcheur. "Bonjour, monsieur," dit-elle. "Je reçois des menaces."

Le pêcheur écoute Hélène. "C'est dangereux, ma fille. Fais très attention. Ne te mets pas en danger," dit-il.

Hélène comprend. "Merci, monsieur. Je vais faire attention," dit-elle. Mais elle veut toujours trouver la vérité.

Hélène pense à son plan. "Je dois être très prudente," pense-t-elle. Elle sait que c'est dangereux. Mais elle veut aider. Elle veut savoir qui envoie les messages.

Hélène est courageuse. Elle veut continuer son enquête. Mais elle sait qu'elle doit être très, très prudente. "Je vais trouver la vérité," dit-elle avec détermination. Hélène est prête pour la suite.

1. anonyme - anonymous
2. armes - weapons
3. boîtes - boxes
4. cachées - hidden
5. dangereux - dangerous
6. détermination - determination
7. documents - documents
8. enquête - investigation
9. inquiète - worried
10. menaces - threats
11. messages - messages
12. peur - fear
13. prudente - careful
14. rapporter - to report

15. recherches - searches

## La Vérité Émerge

Hélène a un nouveau plan. Elle prend ses jumelles et va près de l'église. Elle reste cachée et observe.

Avec ses jumelles, Hélène voit des hommes qui mettent des boîtes sur un bateau. "C'est un trafic !" pense Hélène.

Les hommes partent avec le bateau. Hélène attend. Quand c'est calme, elle entre dans l'église. Elle cherche plus de preuves.

Dans l'église, elle trouve des documents qui parlent de trafic d'immigrants et d'armes. "C'est important," dit Hélène. Elle prend des photos avec son téléphone.

Soudain, elle entend des pas. Hélène se cache vite. Des hommes entrent. Ils cherchent quelque chose ou quelqu'un.

Hélène attend. Les hommes partent. Elle sort sans faire de bruit de l'église. Hélène retourne vite à l'hôtel.

À l'hôtel, Hélène prépare un dossier avec les photos et les informations. "Je dois montrer ça à quelqu'un," pense-t-elle.

Elle envoie le dossier à un journaliste. "Bonjour, j'ai des informations sur un trafic illégal," écrit-elle.

Le journaliste appelle Hélène. "Bonjour, je suis intéressé par votre dossier. Pouvez-vous parler ?" demande-t-il.

"Oui, bien sûr," répond Hélène. Ils parlent au téléphone. Hélène explique tout. Le journaliste dit, "C'est très sérieux. Nous allons enquêter."

Hélène est contente. "Merci," dit-elle. Elle se sent un peu plus en sécurité.

"Je vais continuer à enquêter," dit le journaliste. "Et nous allons publier une histoire."

Hélène raccroche le téléphone. Elle pense à son aventure. "C'est dangereux, mais c'est important," pense-t-elle.

Hélène se prépare pour la suite. Elle sait que c'est important de parler et de montrer la vérité.

La vérité commence à émerger. Hélène a aidé. Elle est courageuse. Elle attend de voir ce qui va se passer.

Hélène espère que le trafic va s'arrêter. Elle veut aider les gens. "Je suis prête pour aider davantage," dit Hélène. Elle est déterminée.

1. aventure - adventure
2. cachée - hidden
3. dangereux - dangerous
4. déterminée - determined
5. dossier - file
6. émerger - to emerge
7. enquêter - to investigate
8. illégal - illegal
9. informations - information
10. jumelles - binoculars
11. pas - steps
12. preuves - evidence
13. sécurité - safety
14. trafic - trafficking
15. vérité - truth

**Pas de Fin Heureuse**

Le journaliste arrive à l'hôtel pour voir Hélène. "Bonjour, Hélène," dit-il.

"Bonjour," répond Hélène. Ils parlent du dossier. "Qu'allons-nous faire maintenant ?" demande Hélène.

"Nous devons être prudents," dit le journaliste. "Je vais publier l'histoire."

Le lendemain, Hélène apprend que le journaliste a disparu. "Il est parti ?" demande-t-elle à l'hôtelier.

"Oui, et la police te cherche," dit l'hôtelier. Hélène est choquée.

Elle reçoit un message. Le message dit : "Tu es allée trop loin." Hélène a peur. "Ils savent tout," pense-t-elle.

Hélène décide de quitter la Bretagne. "Je dois partir maintenant," dit-elle. Elle prend ses affaires et s'en va.

Sur le chemin, Hélène sent que quelqu'un la suit. Elle change de route. Elle utilise des petits chemins.

Hélène arrive dans une autre ville. "Je dois trouver de l'aide," pense-t-elle. Elle appelle un ami. "Je peux venir chez toi ?" demande-t-elle.

"Oui, viens," dit l'ami. Hélène va chez son ami. Elle se sent un peu en sécurité.

Mais la nuit, elle entend des bruits dehors. "Qu'est-ce que c'est ?" pense-t-elle.

Le matin, son ami a disparu. "Où est-il ?" demande Hélène. Elle ne trouve pas son ami.

Hélène comprend qu'elle ne peut pas faire confiance à tout le monde. "C'est dangereux," pense-t-elle.

Elle décide de continuer à fuir. "La vérité est trop dangereuse," dit-elle. Hélène sait qu'elle doit être très prudente.

Hélène continue sa vie, mais elle est toujours prudente. Elle pense à l'église, au journaliste, à son ami. "C'est triste," pense-t-elle.

Hélène ne sait pas si elle peut arrêter le trafic. Mais elle sait qu'elle a essayé. "J'ai fait mon possible," dit Hélène.

Hélène regarde le ciel. Elle pense à l'avenir. "Peut-être un jour, les choses seront meilleures," espère-t-elle.

Mais pour Hélène, il n'y a pas de fin heureuse. Elle continue de se cacher. Elle sait que la vérité est importante. Mais la vérité est aussi dangereuse.

1.  avenir - future
2.  chemins - paths
3.  choquée - shocked
4.  confiance - trust
5.  continuer - to continue
6.  dangereuse - dangerous
7.  disparu - disappeared
8.  fuir - to flee
9.  heureuse - happy
10. important(e) - important
11. message - message
12. partir - to leave
13. prudente - careful
14. quitter - to leave, to quit
15. trafic - trafficking

# Le Secret du Manoir Gris

## Une Lettre Mystérieuse

Un jour, Marc trouve une lettre dans sa boîte aux lettres. Il ouvre la lettre. Il n'y a pas de nom. La lettre est très mystérieuse.

La lettre dit : "Viens au manoir gris à minuit." Marc lit la lettre et pense, "Qui a envoyé ça ?" Marc est très curieux. Mais il a aussi un peu peur. Le manoir gris est très célèbre dans son village. Les gens disent que le manoir est hanté.

Marc décide d'aller au manoir gris. Il veut savoir qui a envoyé la lettre. Et pourquoi.

La nuit arrive. Il est minuit. Marc va au manoir gris. Le manoir est très grand. Il est aussi très vieux. Marc regarde le manoir. "C'est un peu effrayant," pense Marc.

Marc entre dans le manoir. Il fait noir. Marc a une lampe de poche. Il allume sa lampe de poche et regarde autour de lui. Il y a beaucoup de poussière. Il y a des toiles d'araignées.

Marc entend un bruit. "Qui est là ?" demande Marc. Mais il n'y a pas de réponse. Marc continue d'explorer le manoir.

Il voit des vieux meubles. Il voit des tableaux sur les murs. Les tableaux sont des portraits de personnes. "Qui sont ces personnes ?" pense Marc.

Marc entend un autre bruit. C'est un bruit de pas. Marc suit le bruit. Il arrive devant une grande porte. La porte est fermée. Marc pousse la porte. La porte s'ouvre lentement.

Derrière la porte, il y a une grande salle. Dans la salle, il y a une table. Sur la table, il y a une autre lettre. Marc va vers la table. Il prend la lettre. La lettre dit : "Bienvenue au manoir gris, Marc. Le secret du manoir t'attend."

Marc est très surpris. "Qui connaît mon nom ?" pense Marc. Il veut trouver le secret du manoir gris.

Marc regarde autour de lui. Il cherche des indices. Il veut comprendre le mystère du manoir gris.

La nuit est encore longue. Marc est prêt pour son aventure. Il veut découvrir le secret du manoir gris. "Je vais trouver le secret," dit Marc avec détermination.

Marc continue d'explorer le manoir. Il est prêt pour tout. Il veut savoir pourquoi il est ici. Et qui a envoyé les lettres. Le secret du manoir gris est proche. Marc va le découvrir.

1. aventure - adventure
2. boîte aux lettres - mailbox
3. célèbre - famous
4. curieux - curious
5. détermination - determination
6. effrayant - scary
7. explorer - to explore
8. hanté - haunted
9. indice - clue
10. lampe de poche - flashlight
11. manoir - manor
12. mystérieux - mysterious
13. noir - dark
14. poussière - dust
15. toiles d'araignées - cobwebs

## À l'Intérieur du Manoir

Marc est maintenant à l'intérieur du manoir gris. Il regarde autour de lui. Il fait très noir. Marc a froid.

Soudain, il entend des bruits. "Qu'est-ce que c'est ?" se demande Marc. Les bruits sont étranges.

Marc cherche quelque chose pour voir. Il trouve une vieille lampe sur une table. Marc l'allume. La lumière est faible, mais il peut voir maintenant.

Avec la lampe, Marc voit des portraits sur les murs. Il y a beaucoup de portraits. Les personnes dans les portraits regardent Marc. Marc se sent observé.

Marc continue d'avancer dans le manoir. Il entre dans une grande salle. La salle est vide. Il y a seulement une grande table et des chaises.

Sur la table, Marc voit un livre. Le livre est vieux. Marc ouvre le livre. Il y a des histoires sur le manoir gris. Le livre parle des gens dans les portraits.

Marc entend encore des bruits. Cette fois, c'est comme quelqu'un qui marche. Marc regarde autour de lui. Il n'y a personne.

Marc a un peu peur, mais il est aussi très curieux. "Je dois trouver le secret," pense Marc.

Il continue d'explorer le manoir. Marc trouve des escaliers. Les escaliers descendent. "Où est-ce que ça va ?" pense Marc.

Marc descend les escaliers. Il arrive dans une cave. La cave est grande. Il y a des bouteilles de vin et des boîtes.

Dans un coin de la cave, Marc trouve une porte. La porte est petite et difficile à voir. Marc ouvre la porte. Derrière la porte, il y a un petit passage.

Marc entre dans le passage. Il doit se baisser pour avancer. Le passage est étroit et long.

À la fin du passage, Marc trouve une autre salle. Cette salle est différente. Il y a des livres partout. Et au milieu de la salle, il y a un coffre.

Marc va vers le coffre. Il est fermé. Marc cherche quelque chose pour ouvrir le coffre. Il trouve une clé sur une étagère. Marc prend la clé et ouvre le coffre.

Dans le coffre, il y a des lettres et des photos. Les lettres parlent du manoir et de ses secrets. Marc trouve une lettre qui parle d'un trésor caché dans le manoir.

Marc est excité. "Je dois trouver ce trésor," dit Marc. Il regarde les photos. Les photos montrent des endroits dans le manoir.

Marc sait qu'il doit explorer plus. Il veut trouver le trésor. "Le secret du manoir est proche," pense Marc. Il est prêt à continuer son aventure.

1. avancer - to move forward
2. baisser - to bend down
3. boîtes - boxes
4. bouteilles - bottles
5. cave - cellar
6. chaises - chairs
7. coffre - chest
8. curieux - curious
9. étagère - shelf
10. étroit - narrow
11. lampe - lamp
12. passage - passage
13. peur - fear
14. portraits - portraits
15. trésor - treasure

## La Découverte

Marc est dans une salle secrète du manoir. Il regarde partout. Soudain, il voit une porte. "Une porte secrète !" pense Marc. Il est très curieux.

Marc ouvre la porte secrète. Derrière la porte, il trouve un coffre. Le coffre est vieux et a un cadenas. Marc veut ouvrir le coffre.

Il cherche la clé. Marc regarde partout dans la salle. Il voit un vase sur une table. Dans le vase, il y a une clé. "C'est peut-être la clé du coffre," pense Marc.

Marc prend la clé du vase. Il essaie d'ouvrir le cadenas avec la clé. La clé ouvre le cadenas ! Marc est très content.

Il ouvre le coffre. À l'intérieur du coffre, il y a un livre. Le livre est très vieux. Marc ouvre le livre. Le livre parle du manoir et de son histoire.

Marc lit le livre. Il y a des histoires de trésors cachés dans le manoir. "Un trésor !" dit Marc. Il est très excité.

Marc veut trouver le trésor. Il regarde dans le livre pour des indices. Le livre a une carte. La carte montre un endroit dans le manoir.

Marc prend la carte. "Je vais trouver ce trésor," dit-il. Il est prêt pour une nouvelle aventure.

Marc suit la carte. Il passe par des couloirs et des salles. La carte le mène à une bibliothèque.

Dans la bibliothèque, Marc cherche des indices. Il trouve un livre sur une étagère. Le livre a un symbole. C'est le même symbole que sur la carte.

Marc ouvre le livre. Derrière le livre, il y a un bouton. Marc appuie sur le bouton. Soudain, une étagère bouge. Il y a un passage secret !

Marc entre dans le passage. Il trouve une petite salle. Dans la salle, il y a une boîte. Marc ouvre la boîte. À l'intérieur, il y a des pièces d'or et des bijoux.

"J'ai trouvé le trésor !" crie Marc. Il est très heureux. Marc prend le trésor.

Marc retourne dans la salle principale. Il pense à tout ce qu'il peut faire avec le trésor. "Je vais aider beaucoup de gens," pense Marc.

Marc regarde le manoir. "Il y a encore beaucoup de secrets ici," dit-il. Mais maintenant, Marc sait qu'il peut trouver tous les secrets.

Marc est prêt pour plus d'aventures dans le manoir. Il a découvert le trésor, mais il veut en savoir plus sur le manoir et ses mystères.

1. aventure - adventure
2. bijoux - jewels
3. boîte - box
4. bouton - button
5. cadenas - padlock
6. carte - map

7.  couloirs - corridors
8.  découvert - discovered
9.  étagère - shelf
10. indices - clues
11. mystères - mysteries
12. passage secret - secret passage
13. pièces d'or - gold coins
14. salle - room
15. vase - vase

## Le Livre Secret

Marc tient le livre secret qu'il a trouvé dans le coffre. Le livre parle d'un trésor caché quelque part dans le manoir. Marc est très excité à l'idée de trouver ce trésor.

Il s'assoit dans la petite salle secrète et commence à lire le livre. Le livre donne des instructions précises pour trouver le trésor. « Va dans le jardin et cherche la grande pierre près du vieux chêne, » lit Marc. Il est prêt à suivre ces instructions.

Marc sort du passage secret et se dirige vers le jardin du manoir. Le jardin est grand et un peu sauvage. Marc cherche le vieux chêne. Il trouve l'arbre et voit la grande pierre à côté.

« Le trésor doit être ici, » pense Marc. Il commence à chercher autour de la pierre. Il y a beaucoup de feuilles et de terre.

Marc utilise ses mains pour déplacer les feuilles et creuser un peu dans la terre. Après quelques minutes, il trouve une petite boîte cachée sous la pierre.

« J'ai trouvé le trésor ! » s'exclame Marc. Il est très heureux. Il ouvre la boîte. À l'intérieur, il y a des pièces d'or et un collier très beau.

Marc est surpris et content. Il regarde les trésors. « C'est incroyable, » dit-il. Il décide de prendre la boîte avec lui.

En retournant à l'intérieur du manoir, Marc pense à ce qu'il va faire avec le trésor. « Je peux aider ma famille et mes amis, » pense Marc.

Quand Marc entre dans le manoir, il rencontre Madame Lefèvre, la vieille gardienne du manoir. « Que fais-tu ici, Marc ? » demande Madame Lefèvre.

Marc est un peu nerveux, mais il décide de montrer le trésor à Madame Lefèvre. « Regardez ce que j'ai trouvé dans le jardin, » dit Marc.

Madame Lefèvre est très surprise. « Oh, c'est le trésor perdu du manoir ! Comment l'as-tu trouvé ? » demande-t-elle.

Marc explique à Madame Lefèvre comment il a trouvé le livre secret et suivi les instructions pour trouver le trésor.

Madame Lefèvre sourit. « Tu es très brave, Marc. Ce trésor appartient à la famille qui possédait ce manoir. Mais il y a longtemps qu'ils sont partis, » dit-elle.

Marc réfléchit. « Peut-être que nous pouvons utiliser ce trésor pour aider à restaurer le manoir et l'ouvrir au public, » suggère Marc.

Madame Lefèvre est d'accord. « C'est une excellente idée, Marc. Avec ce trésor, nous pouvons faire beaucoup de bonnes choses pour le manoir et pour le village. »

Marc est content. Il a trouvé le trésor et a aussi trouvé un moyen de l'utiliser pour aider les autres. Il est fier de lui et heureux de partager sa découverte avec Madame Lefèvre.

Le livre secret a mené Marc à une grande aventure. Il a découvert le trésor caché et a appris l'importance de partager avec les autres. Marc ne va jamais oublier cette aventure dans le manoir.

1. chêne - oak
2. coffre - chest
3. creuser - dig
4. découverte - discovery
5. excité - excited
6. feuilles - leaves
7. gardienne - caretaker

8. manoir - mansion
9. nerveux - nervous
10. pièces - coins
11. pierre - stone
12. restaurer - restore
13. sauvage - wild
14. secret - secret
15. trésor - treasure

## La Vérité

Marc tient la boîte du trésor dans ses mains. Soudain, il entend un bruit derrière lui. Marc se retourne vite. Il voit une personne.

"C'est qui ?" demande Marc, un peu peur.

"Bonjour, Marc. Ne t'inquiète pas," dit la personne. C'est Madame Dupont, la vieille voisine. Madame Dupont sourit.

"Madame Dupont ? Vous êtes ici ?" Marc est surpris.

"Oui, Marc. Je te connais bien. J'ai vu que tu cherchais le trésor," explique Madame Dupont.

Marc est curieux. "Pourquoi le trésor est caché ici ?" demande-t-il.

Madame Dupont s'assoit sur une chaise dans le jardin. "Ce trésor appartenait à ma famille. Il y a très longtemps," commence Madame Dupont.

"Votre famille ?" Marc est très intéressé.

"Oui. Mon grand-père a caché le trésor. Il voulait que quelqu'un de très brave le trouve. Comme une épreuve," dit Madame Dupont.

Marc écoute attentivement. "Et pourquoi moi ?" demande-t-il.

Madame Dupont sourit. "Parce que tu es courageux, Marc. Tu es entré dans le manoir. Tu as cherché le trésor. Tu es brave," explique Madame Dupont.

Marc sourit. "Je suis content de trouver le trésor. Mais je veux aider avec l'argent," dit Marc.

Madame Dupont est heureuse. "C'est une bonne idée, Marc. Tu es un bon garçon," dit-elle.

Marc et Madame Dupont parlent longtemps. Ils deviennent amis.

"Marc, tu peux garder le trésor. Mais fais quelque chose de bon avec," dit Madame Dupont.

"Oui, Madame Dupont. Je veux aider les gens. Et je veux aider à restaurer le manoir," dit Marc.

"C'est parfait, Marc. Je suis d'accord," répond Madame Dupont.

Marc est très heureux. Il a trouvé le trésor et une nouvelle amie. Il a appris beaucoup de choses.

"Merci, Madame Dupont. Pour tout," dit Marc.

"De rien, Marc. Je suis fière de toi," dit Madame Dupont.

Marc regarde le manoir. Il pense au futur. "Je vais faire beaucoup de bonnes choses," pense Marc.

Le trésor a changé la vie de Marc. Il a découvert la vérité sur le trésor et sur lui-même. Marc est prêt pour de nouvelles aventures. Mais maintenant, il a des amis pour l'aider.

1. aventures - adventures
2. brave - brave
3. changer - to change
4. curieux - curious
5. découvert - discovered
6. épreuve - test
7. heureux - happy
8. manoir - mansion
9. peur - fear
10. restaurer - to restore
11. sourit - smiles
12. trésor - treasure
13. vie - life

# L'Ombre sur la Concession Française

## Un Matin Inhabituel

À Shanghai, en 1942, il fait très froid. La guerre affecte tout le monde dans la ville. Dupont, un inspecteur de la sécurité française, commence sa journée. Il entend beaucoup de rumeurs sur un possible danger. Les Japonais occupent déjà d'autres parties de Shanghai, ce qui inquiète tous les habitants, surtout les Chinois.

Dupont aime Shanghai et ses habitants. Il veut les protéger. Ce matin-là, il reçoit un message mystérieux. Le message indique qu'il pourrait y avoir un attentat aujourd'hui, quelque part dans la concession française.

Dupont prend la situation très au sérieux. Il sait qu'il doit agir vite. Il discute avec ses collègues au bureau.

"Nous devons être très attentifs aujourd'hui," dit Dupont.

"Sais-tu qui a envoyé ce message ?" demande un collègue.

"Non, c'est anonyme. Mais nous ne pouvons pas ignorer cela," répond Dupont.

Tout le monde est d'accord. Ils sont tous inquiets mais prêts à travailler.

Dupont prend son manteau. Il est prêt à sortir dans le froid pour enquêter. Il veut trouver des indices sur cet attentat avant qu'il ne soit trop tard.

Dans les rues, Dupont regarde autour de lui. Il cherche quelque chose d'inhabituel. Les gens vont à leurs activités, mais l'air est tendu.

Dupont rencontre un vendeur qu'il connaît. "Bonjour, Monsieur Li. Avez-vous entendu parler de quelque chose d'étrange aujourd'hui ?" demande Dupont.

"Bonjour, Inspecteur Dupont. Non, je n'ai rien vu. Mais tout le monde est nerveux," répond Monsieur Li.

"Merci. Si vous voyez quelque chose, dites-le-moi, s'il vous plaît," dit Dupont.

Dupont continue son enquête. Il sait que la journée sera longue. Il doit trouver qui veut faire du mal à la ville et l'arrêter. La sécurité de tous dépend de lui.

Ce matin inhabituel est le début d'une grande aventure pour Dupont. Il est déterminé à protéger la concession française, même si cela signifie affronter de grands dangers. Dupont est prêt à tout. La ville compte sur lui.

1. attentat - attack
2. affecte - affects
3. anonyme - anonymous
4. collègues - colleagues
5. concession - concession
6. déterminé - determined
7. enquêter - investigate
8. indices - clues
9. inhabituel - unusual
10. inquiète - worries
11. manteau - coat
12. nerveux - nervous
13. protéger - protect
14. rumeurs - rumors
15. sécurité - security

**Des Rumeurs et des Secrets**

Dupont marche dans les rues de Shanghai et arrive au marché local. Il fait froid, mais le marché est plein de gens.

Dupont parle avec les vendeurs. "Bonjour, avez-vous vu quelque chose d'étrange ces derniers jours ?" demande-t-il.

"Bonjour, Inspecteur. Oui, tout le monde a peur. Les Japonais sont partout," dit un vendeur.

Dupont écoute attentivement. Il entend des rumeurs. Les gens disent que des agents japonais sont en ville. "Ils veulent nous faire porter l'accusation," dit un autre vendeur.

"C'est très suspect," pense Dupont. Il doit en savoir plus.

Sur son chemin, Dupont rencontre un ami, Liu. Liu travaille dans un café près du marché.

"Salut, Dupont. Comment vas-tu ?" demande Liu.

"Salut, Liu. J'enquête sur quelque chose d'important. As-tu vu des étrangers ici récemment ?" demande Dupont.

"Oui, il y a eu des hommes qui posaient beaucoup de questions. Ils ne sont pas d'ici," dit Liu.

Dupont est inquiet. "Ces hommes pourraient être des espions. Nous devons être prudents," dit-il.

"Viens, allons à mon café. Nous pourrons parler là-bas," propose Liu.

Dans le café, Dupont et Liu discutent de la situation. "Ces agents veulent peut-être causer des problèmes entre les Chinois et les Japonais," dit Dupont.

"Oui, j'ai entendu des choses similaires. C'est dangereux," dit Liu.

Dupont est sérieux. "Je vais trouver la vérité. Nous ne pouvons pas laisser cela arriver," dit-il.

Liu est d'accord. "Je t'aiderai, Dupont. Tu es un bon ami et un bon inspecteur," dit Liu.

Dupont est reconnaissant. "Merci, Liu. Avec ton aide, nous protégerons Shanghai," dit Dupont.

Dupont et Liu finissent leur café. Dupont est plus déterminé que jamais. Il va suivre les pistes et découvrir qui est derrière ces rumeurs.

La journée se termine, mais Dupont ne s'arrête pas. Il sait que la vérité est proche. Il doit être intelligent et rapide.

Le marché, le café, et les rues de Shanghai sont pleins de secrets. Dupont est prêt à découvrir tous les secrets pour protéger la ville qu'il aime. La mission est claire, et Dupont est l'homme pour la réussir.

1. accusation - accusation
2. agents - agents
3. café - café
4. déterminé - determined
5. derniers jours - recent days
6. espions - spies
7. inquiet - worried
8. marché - market
9. pistes - leads
10. porter l'accusation - to be blamed
11. protéger - protect
12. rumeurs - rumors
13. sérieux - serious
14. suspect - suspicious
15. vendeurs - sellers

## Une Piste Troublante

Après leur discussion au café, Dupont commence à examiner l'endroit. Il regarde sous les tables, derrière le comptoir, et trouve un morceau de papier. C'est une adresse écrite rapidement.

"Regarde ça, Liu," dit Dupont, montrant le papier.

"Qu'est-ce que c'est ?" demande Liu.

"Une adresse. Peut-être la clé de cette affaire," répond Dupont.

Dupont est décidé. "Nous devons aller voir."

Liu hoche la tête. "Je viens avec toi."

Ils quittent le café et suivent l'adresse. Elle les mène à un vieil entrepôt. L'endroit semble abandonné et silencieux.

Avec prudence, Dupont ouvre la porte. L'intérieur est sombre. Ils utilisent leurs lampes de poche pour voir.

"Il y a des caisses partout," murmure Liu.

Dupont examine les caisses. Elles contiennent des matériaux qui semblent suspects. "Ces matériaux pourraient être des composants pour fabriquer une bombe," dit-il.

Soudain, un bruit les fait sursauter. Ils ne sont pas seuls. Dupont et Liu se cachent derrière des caisses.

"Qui est là ?" chuchote Liu.

Dupont fait signe à Liu de rester silencieux. Ils attendent, essayant de voir qui d'autre est dans l'entrepôt.

Les minutes passent lentement. Dupont et Liu n'entendent plus rien, mais ils restent cachés, ne voulant pas prendre de risques.

Finalement, Dupont décide d'agir. "Reste ici. Je vais voir," dit-il à Liu.

Avec grande prudence, Dupont se déplace dans l'ombre. Il atteint l'endroit d'où venait le bruit. Il découvre que c'était juste un chat qui avait renversé quelque chose.

Dupont revient vers Liu. "C'est bon. C'était juste un chat," dit-il.

Liu souffle, soulagé. "Qu'allons-nous faire maintenant ?"

Dupont regarde autour. "Nous devons rapporter ce que nous avons trouvé. Ces matériaux, et cet entrepôt, c'est une piste sérieuse."

Ils quittent l'entrepôt, faisant attention de ne pas être suivis. Dupont sait qu'ils ont découvert quelque chose d'important.

"Merci, Liu. Sans toi, je n'aurais pas trouvé cette piste," dit Dupont.

Liu sourit. "Nous sommes dans cette affaire ensemble, Dupont."

En rentrant, Dupont pense à leur découverte. Cette adresse, ces matériaux... C'est une piste troublante qui pourrait mener à prévenir un grand danger. Dupont est plus déterminé que jamais à suivre cette piste jusqu'au bout.


1. abandonné - abandoned

2.  adresse - address
3.  caisses - crates
4.  chuchote - whispers
5.  composants - components
6.  décidé - decided
7.  déplace - moves
8.  endroit - place
9.  entrepôt - warehouse
10. examiner - to examine
11. hoche la tête - nods
12. lampes de poche - flashlights
13. mène - leads
14. prudence - caution
15. sursauter - startle

**Découverte dans l'Entrepôt**

Dupont et Liu sont encore dans l'entrepôt quand ils voient deux hommes entrer. Ces hommes parlent japonais entre eux. Dupont et Liu se cachent et écoutent.

"Ils préparent quelque chose," chuchote Liu.

Dupont est concentré. "Oui, je pense qu'ils sont des espions."

Les deux hommes vérifient des caisses et semblent organiser un plan. Dupont sait qu'il doit agir vite pour arrêter ces hommes.

"Nous devons aller au commissariat tout de suite," dit Dupont à Liu.

Ils quittent discrètement l'entrepôt et retournent au commissariat. Dupont rencontre son chef et lui explique la situation.

"Nous avons trouvé des espions dans un entrepôt. Ils préparent un attentat," explique Dupont.

Le chef écoute attentivement. "C'est très sérieux. Nous devons agir rapidement."

Dupont est d'accord. "Je suis inquiet pour les civils. Nous devons les arrêter ce soir."

Le chef approuve le plan d'intervention de Dupont. "Faites attention," dit-il.

Dupont, accompagné de Liu et d'une équipe de policiers, retourne à l'entrepôt. Ils arrivent la nuit pour surprendre les espions.

L'opération commence. Dupont et les policiers entrent dans l'entrepôt avec prudence. Ils trouvent les deux hommes et les arrêtent rapidement.

"Vous êtes en état d'arrestation," dit Dupont aux espions.

Dans l'entrepôt, ils trouvent aussi des plans de la bombe. Dupont examine les documents. "C'est le plan de l'attentat," dit-il.

Les espions sont emmenés au commissariat. Dupont et Liu regardent l'entrepôt une dernière fois avant de partir.

"Nous avons réussi, Liu. Grâce à toi," dit Dupont.

Liu sourit. "Nous avons fait une bonne équipe."

En retournant au commissariat, Dupont pense à la journée. Ils ont arrêté un danger potentiel pour la ville. Il est soulagé mais sait que le travail n'est pas fini.

"Demain est un autre jour," pense Dupont. "Mais pour ce soir, Shanghai est en sécurité."

Dupont et Liu ont découvert et arrêté une menace importante. Grâce à leur courage et leur détermination, la ville peut dormir tranquille. Dupont sait que d'autres défis l'attendent, mais il est prêt à les affronter pour protéger Shanghai.

1. arrestation - arrest
2. caisses - crates
3. courage - courage
4. détermination - determination
5. discrètement - discreetly
6. emmenés - taken

7.  entrepôt - warehouse
8.  espions - spies
9.  inquiet - worried
10. menace - threat
11. opération - operation
12. organiser - organize
13. plan - plan
14. prudence - caution
15. tranquille - peaceful

## Le Complot Se Dévoile

Dupont est au commissariat. Il est prêt à interroger les espions capturés.

Au début, les espions ne veulent pas parler. Dupont est patient mais déterminé.

"Vous ne pouvez pas rester silencieux pour toujours," dit Dupont calmement.

Avec ses compétences d'enquêteur, Dupont persuade un des espions à parler. "D'accord, je vais tout dire," dit l'espion.

L'espion révèle un grand plan. Le plan est de faire croire que les Chinois sont responsables d'un attentat. Dupont écoute attentivement.

"C'est grave," pense Dupont. Il n'est pas surpris mais est très choqué.

Dupont prend des notes. Il sait qu'il doit informer le gouvernement français immédiatement.

Il y a une réunion d'urgence avec le gouvernement. Dupont explique tout ce qu'il a appris.

"Tout le monde doit rester calme. Nous ne voulons pas de panique," dit un officiel.

Dupont est félicité pour son travail. "Bon travail, Dupont," dit son chef.

Mais Dupont sait que le danger n'est pas encore passé. "Merci, mais nous devons rester vigilants," dit-il.

Dupont continue de surveiller la concession française. Il devient encore plus vigilant.

La ville reste en alerte. Dupont et Liu patrouillent les rues.

"Nous devons protéger notre ville," dit Dupont à Liu.

"Oui, je suis d'accord. Nous sommes ensemble dans ça," répond Liu.

Dupont et Liu travaillent jour et nuit. Ils veulent s'assurer que la ville est en sécurité.

"Merci, Liu. Sans ton aide, cela aurait été plus difficile," dit Dupont.

"Nous sommes une équipe, Dupont. Nous allons continuer à travailler ensemble," dit Liu.

La découverte du complot a montré à Dupont l'importance de son travail. Il est prêt à faire tout ce qu'il faut pour protéger Shanghai.

"Nous allons garder nos yeux ouverts. La sécurité de la ville dépend de nous," dit Dupont.

Dupont et Liu sont déterminés. Ils savent que les défis sont encore devant eux, mais ils sont prêts.

La ville de Shanghai peut compter sur Dupont et Liu pour la protéger contre tout danger. Leur courage et leur détermination sont un exemple pour tous.

La nuit tombe sur Shanghai, mais Dupont et Liu continuent leur veille. Ils sont les gardiens de la ville, toujours prêts à défendre la paix.

1. capturés - captured
2. choqué - shocked
3. commissariat - police station
4. complot - conspiracy

5. déterminé - determined
6. enquêteur - investigator
7. félicité - congratulated
8. gardien - guardian
9. officiel - official
10. patrouiller - patrol
11. persuade - persuades
12. responsables - responsible
13. silencieux - silent
14. surveiller - monitor
15. vigilant - vigilant

## L'Avant-Veille

Cette nuit-là, Dupont ne trouve pas le sommeil. Il est allongé dans son lit, les yeux ouverts, pensant au complot qu'ils ont découvert.

"Quelque chose ne va pas," pense-t-il. Il se lève et décide de se promener dans la ville. Shanghai est calme, mais l'air est chargé de tension.

Dupont marche seul, ses pensées tournées vers les jours à venir. "Nous devons être prêts," se dit-il.

Au petit matin, il retrouve Liu dans un café. "Tu n'as pas dormi, n'est-ce pas ?" demande Liu en voyant le visage fatigué de Dupont.

"Non, je suis trop inquiet," répond Dupont. Ils commandent du café et parlent de ce qui pourrait arriver.

Soudain, le téléphone de Dupont sonne. C'est un appel urgent du commissariat. "Dupont, nous avons découvert un autre complot. Il se passera aujourd'hui dans un lieu public."

Dupont et Liu se regardent, alarmés. "Nous devons y aller, maintenant !" dit Dupont.

Ils laissent leurs cafés et courent vers l'adresse donnée. La tension monte à chaque pas.

Arrivés sur les lieux, ils voient des gens se rassembler, inconscients du danger. Dupont et Liu se faufilent dans la foule, cherchant des indices.

Ils remarquent quelque chose de suspect et agissent rapidement pour neutraliser la menace. Avec l'aide de Dupont, une attaque est évitée.

La ville respire un soupir de soulagement. Dupont et Liu sont acclamés comme des héros. "Grâce à toi, Dupont, la ville est en sécurité," dit Liu, posant sa main sur l'épaule de Dupont.

Dupont regarde autour de lui, voyant les visages reconnaissants des gens. "C'est notre devoir, Liu. Nous protégeons notre ville," répond Dupont.

Mais au fond de lui, Dupont sait que le danger n'est jamais loin. "Nous devons toujours être vigilants," pense-t-il.

Alors que le soleil se lève sur Shanghai, Dupont et Liu continuent leur veille. Ils sont déterminés à garder la ville en sécurité, quel que soit le prix.

La journée s'achève, mais pour Dupont et Liu, la lutte continue. Ils sont les gardiens de la paix dans une ville pleine de mystères et de dangers.

"Demain est un autre jour," dit Dupont. "Et nous serons là, prêts à affronter ce qui vient."

Avec courage et détermination, Dupont et Liu se préparent pour les défis à venir, sachant qu'ils sont le dernier rempart contre le chaos.

1. acclamés - acclaimed
2. allongé - lying down
3. chargé - charged
4. complot - plot
5. déterminés - determined
6. fatigué - tired
7. inquiet - worried

8.  lieu public - public place
9.  lutte - struggle
10. menace - threat
11. mystères - mysteries
12. neutre - neutralize
13. reconnaissants - grateful
14. soulagement - relief
15. vigilants - vigilant

## La Fin de l'Ombre

Après les événements récents, Dupont est devenu un héros dans la ville de Shanghai. Les gens dans la rue le remercient pour son courage.

"Merci, Dupont ! Vous avez sauvé notre ville !" crient les gens quand ils le voient.

Même si le gouvernement japonais nie toute implication dans le complot, Dupont a des preuves. Il a montré à tout le monde la vérité.

Les relations entre la concession française et l'occupation japonaise sont plus tendues que jamais. Mais Dupont ne s'inquiète pas. Il continue son travail avec détermination.

"Il y aura toujours des dangers, mais je suis ici pour protéger notre ville," dit Dupont à Liu alors qu'ils patrouillent ensemble.

La ville vit une paix fragile. Dupont sait que cela peut changer à tout moment, mais il profite de ce moment de calme.

Au lever du soleil, Dupont et Liu sont sur un toit, regardant la ville s'éveiller. "Regarde, Liu. C'est pour ces moments de paix que nous travaillons si dur," dit Dupont.

Liu hoche la tête. "Oui, Dupont. Et un jour, j'espère que nous aurons la paix pour toujours."

Dupont est fier de ce qu'ils ont accompli. "Nous avons protégé les innocents. La concession française est un endroit sûr grâce à nous," dit-il.

Liu regarde Dupont. "Et tu es un vrai héros, Dupont. Tout le monde te respecte."

Dupont sourit modestement. "Je fais juste mon travail, Liu. Mais merci."

Alors qu'ils descendent du toit, Dupont pense à l'avenir. "La ville est en paix, pour l'instant. Mais je sais que d'autres défis nous attendent," pense-t-il.

Dupont et Liu continuent leur patrouille, prêts à affronter tout ce qui pourrait venir. "Peu importe ce qui arrive, nous serons prêts," dit Dupont.

La concession française se réveille sous un nouveau jour. Grâce à Dupont et Liu, elle est un peu plus sûre.

Dupont regarde autour de lui, son regard déterminé. "Quelle que soit l'enquête suivante, je suis prêt."

La fin de l'ombre sur Shanghai n'est que le début d'autres aventures pour Dupont. Il est le gardien de la paix dans cette ville complexe, toujours prêt à défendre ceux qui en ont besoin.

1. accompli - accomplished
2. aventures - adventures
3. calme - calm
4. concession - concession
5. défis - challenges
6. déterminé - determined
7. enquête - investigation
8. fragile - fragile
9. gouvernement - government
10. héros - hero
11. implication - involvement
12. modestement - modestly
13. paix - peace
14. patrouille - patrol
15. preuves - evidence

# Le Mystère de l'Île Saint-Paul

## L'Arrivée Inattendue

Un yacht navigue calmement dans l'océan Indien sous un soleil brillant. "C'est une belle journée pour naviguer, n'est-ce pas ?" dit le capitaine à son équipage. Tout le monde est d'accord avec un sourire.

Soudain, sans avertissement, le ciel s'assombrit. "Oh non, une tempête !" crie un marin. Les vagues deviennent très grandes et le vent souffle fort.

Le capitaine, un homme expérimenté, prend rapidement la carte. "Nous devons trouver un abri !" Il regarde la carte et pointe du doigt. "Là ! L'île Saint-Paul ! Allons-y !"

Le yacht s'approche rapidement de l'île. Les vagues sont hautes, mais le capitaine est habile. "Regardez ! La côte !" crie un autre marin. La côte est rocheuse et sauvage.

Ils jettent l'ancre près de la Pointe Hutchinson. "Est-ce que quelqu'un vit ici ?" demande un jeune marin. "Je ne pense pas. L'île semble déserte," répond le capitaine.

L'équipage débarque sur l'île avec précaution. Ils marchent sur la plage et trouvent des traces de pas dans le sable. "Qui a fait ces traces ?" demande le marin.

Le capitaine examine les traces. "Difficile à dire... Elles pourraient être récentes... ou anciennes." Il semble pensif et un peu inquiet.

Ils explorent plus loin et trouvent une vieille cabane cachée parmi les arbres. "Regardez ! Des restes de nourriture !" dit un marin. "Quelqu'un était ici pas longtemps."

Dans la cabane, il y a une surprise. "Qu'est-ce que c'est ?" demande un marin en pointant le sol. C'est une pièce d'or très vieille. Le capitaine la prend et la regarde. "C'est un vrai trésor !" dit-il avec un grand sourire.

Mais le mystère reste. Qui a laissé cette pièce ? Pourquoi l'île semble-t-elle abandonnée ? Le capitaine décide qu'ils doivent rester pour découvrir le secret de l'île Saint-Paul.

1. abandonnée - abandoned
2. abri - shelter
3. ancre - anchor
4. avertissement - warning
5. cabane - hut
6. côte - coast
7. déserte - deserted
8. équipage - crew
9. inquiet - worried
10. navigue - sails
11. océan Indien - Indian Ocean
12. pensif - thoughtful
13. précaution - caution
14. restes - remains
15. trésor - treasure

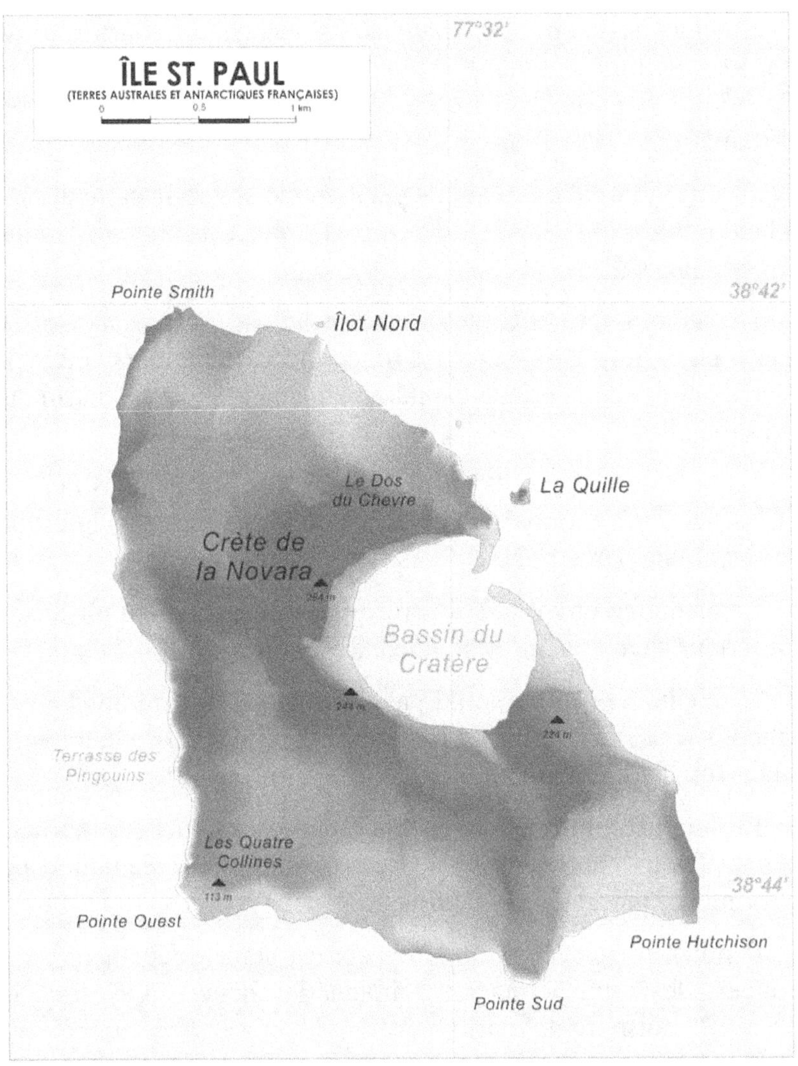


## La Chasse au Trésor

Le capitaine tient la vieille pièce d'or dans sa main. "Regardez, elle est très ancienne, peut-être qu'il y a d'autres trésors ici," dit-il à son équipage avec un air de mystère.

L'équipage est excité à l'idée de trouver un trésor. Ils se mettent à chercher autour de la cabane, fouillant chaque coin et recoin. "Peut-être qu'il y a plus de pièces d'or !" s'exclame un marin.

Soudain, sous un vieux matelas, ils trouvent un journal couvert de poussière. Le capitaine l'ouvre délicatement. "C'est un journal de bord... Il parle d'un trésor caché sur l'île !" dit-il, les yeux brillants.

Avec le journal en main, ils décident de suivre la carte dessinée à l'intérieur. "Nous devons aller vers la Crête de la Novara," indique le capitaine. "C'est par là !"

Le chemin vers la Crête de la Novara est escarpé et périlleux. Les rochers sont glissants et les ronces accrochent leurs vêtements. "Faites attention !" crie le capitaine en aidant un jeune marin qui a presque glissé.

En haut de la crête, ils trouvent une croix gravée dans la pierre. "C'est ici !" dit un marin avec espoir. Ils creusent sous la croix et trouvent une petite boîte en bois.

Le capitaine ouvre la boîte avec précaution, mais il n'y a rien à l'intérieur. "Oh non, elle est vide," dit-il, déçu.

Le capitaine ne comprend pas. "Pourquoi la carte nous a-t-elle amenés ici ?" Il regarde le journal encore une fois, cherchant un indice qu'il aurait manqué.

Le soleil commence à se coucher, et ils décident de retourner au yacht. "Nous chercherons encore demain," dit le capitaine pour remonter le moral de son équipage.

Pendant la nuit, alors que le yacht est bercé doucement par les vagues, des bruits étranges troublent le silence. "Qu'est-ce que c'était ?" murmure un marin.

"Shhh... Écoutez," dit le capitaine. Ils entendent des pas sur le pont du yacht. "Il y a quelque chose... ou quelqu'un ici," dit-il à voix basse.

L'équipage reste éveillé, écoutant les sons de la nuit. Ils se sentent observés, comme si les ombres de l'île avaient des yeux. "Nous ne sommes pas seuls," chuchote le capitaine.

L'aventure sur l'île Saint-Paul vient juste de commencer, et déjà, le mystère s'épaissit autour de l'équipage du yacht. Ils se demandent ce que le lendemain leur réserve, et si les secrets de l'île leur seront révélés.

1. ancienne - ancient
2. aventure - adventure
3. bercé - rocked
4. boîte - box
5. chasse - hunt
6. coin - corner
7. crête - crest
8. épaissit - thickens
9. équipage - crew
10. escarpé - steep
11. journal de bord - logbook
12. matelas - mattress
13. mystère - mystery
14. périlleux - perilous
15. ronces - brambles

## Les Ombres de l'Île

Après une nuit pleine de bruits et de murmures, l'équipage se réveille inquiet. "Vous avez vu des ombres cette nuit ?" demande Pierre, les yeux grands ouverts.

"Oui, des ombres qui bougent. Très étrange," répond le capitaine. "Avons-nous des visiteurs sur l'île ?" questionne Jacques, un autre marin.

Le capitaine réfléchit. "Nous devons savoir ce qui se passe ici." Il décide alors de mettre des pièges autour du yacht pour se protéger. "Avec des cordes et des clochettes, si quelque chose ou quelqu'un passe, nous l'entendrons," explique-t-il.

L'équipage installe les pièges avec soin. "Voilà, maintenant nous attendons," dit le capitaine. La nuit passe, mais rien ne se produit. Pas un son de clochette.

Le jour suivant, l'équipage part explorer l'île. Ils marchent jusqu'à la Terrasse des Pingouins. "Regardez ces roches !" crie Jean. Il y a des sculptures étranges qui ressemblent à des visages.

"Qui a fait ça ?" demande Pierre en touchant un des visages sculptés. "Et pourquoi ?" L'équipage se pose beaucoup de questions.

En regardant autour, ils trouvent des pièces d'or dispersées près de l'ancre rouillée. "Plus de trésor !" s'exclame Jacques. Ils ramassent les pièces, se demandant l'histoire derrière elles.

Le soir arrive vite et le soleil se couche, créant des ombres longues et effrayantes sur l'île. L'équipage se sent mal à l'aise. "On dirait que les roches nous regardent," murmure Pierre.

Soudain, une silhouette sombre apparaît sur les rochers. "Là-haut ! Qu'est-ce que c'est ?" dit Jean, pointant vers la silhouette. Mais elle disparaît aussi vite qu'elle est apparue.

Le capitaine reste calme. "Retournons au yacht. Restons ensemble," dit-il d'une voix rassurante. L'équipage, un peu effrayé, suit le capitaine, jetant des regards inquiets par-dessus leur épaule.

Cette nuit, ils dorment peu. Les ombres de l'île semblent vivantes et l'histoire de la chasse au trésor prend un tournant plus sombre. "Quels secrets l'île cache-t-elle encore ?" se demande le capitaine avant de s'endormir.

1. ancre - anchor
2. bruits - noises
3. clochettes - small bells
4. dispersées - scattered
5. équipage - crew
6. inquiet - worried
7. murmures - whispers
8. ombre - shadow
9. pièges - traps
10. rochers - rocks
11. rouillée - rusted

12. sculptures - sculptures
13. silhouette - silhouette
14. sombre - dark
15. Terrasse des Pingouins - Penguin Terrace

## Les Secrets Enfouis

La nuit est noire et la silhouette qui les observait a disparu aussi vite qu'elle est apparue. L'équipage, tremblant de peur, se rassemble autour du capitaine. "Qui est là ?" crie-t-il dans l'obscurité, mais seule l'écho de sa voix lui répond.

Des bruits de pas se font entendre, s'éloignant du groupe. "Il faut suivre ces bruits," dit le capitaine, essayant de paraître courageux. "Mais restons prudents."

Ils marchent lentement, écoutant les bruits de la nuit. Les pas semblent les mener vers le Bassin du Cratère, un endroit mystérieux de l'île. Là, caché sous des feuilles et de la terre, ils trouvent un vieux coffre.

Avec des mains tremblantes mais pleines d'espoir, ils ouvrent le coffre. À l'intérieur, pas de trésor, mais un vieux miroir brisé. "Qu'est-ce que ça veut dire ?" murmure un marin.

Le capitaine prend le miroir et s'y regarde. Derrière lui, dans le reflet, il voit une ombre. Il se retourne rapidement, mais il n'y a rien. "Nous ne sommes pas seuls," répète-t-il à son équipage, sa voix trahissant son inquiétude.

Ils décident de rester groupés, personne ne veut être seul maintenant. "Pour notre sécurité, ne partons pas seul," dit le capitaine en regardant ses hommes.

La nuit venue, des voix semblent murmurer autour du yacht. Des mots incompréhensibles qui font frissonner l'équipage. "Entendez-vous ?" chuchote l'un d'eux. "Oui, comme des voix anciennes," répond un autre.

Ils réalisent que l'île cache des mystères plus profonds que le simple trésor qu'ils cherchaient. "Quels secrets sont enfouis ici ?" se demande le capitaine, regardant l'obscurité au-delà du rivage.

Le sommeil est difficile à trouver cette nuit-là. Les murmures continuent, presque comme s'ils racontaient une vieille histoire de l'île. Une histoire que l'équipage est maintenant une partie de, qu'ils le veuillent ou non.

1. anciennes - ancient
2. bassin - basin
3. brisé - broken
4. coffre - chest
5. cratère - crater
6. enfouis - buried
7. feuilles - leaves
8. frissonner - shiver
9. groupés - grouped
10. incompréhensibles - incomprehensible
11. miroir - mirror
12. murmures - whispers
13. ombre - shadow
14. reflet - reflection
15. tremblant - trembling

**La Nuit Sans Fin**

Toute la nuit, l'équipage reste éveillé, écoutant attentivement. Les voix susurrent autour d'eux, parlant une langue que personne ne comprend. "Que disent-elles ?" murmure un jeune marin, sa voix tremblante.

Le capitaine, déterminé, tente de répondre aux voix. "Nous sommes amis," crie-t-il dans l'obscurité. Mais aucun son ne lui revient, seulement le vent qui porte les murmures lointains.

À l'aube, un frisson parcourt l'équipage quand ils découvrent de petites empreintes autour du yacht, comme celles d'un enfant. "D'où viennent ces traces ?" s'interroge l'équipage, inquiet.

Ils décident de suivre les empreintes qui serpentent vers l'intérieur de l'île. Les traces les mènent à travers la végétation dense jusqu'au Dos du Chèvre où elles disparaissent soudainement.

"C'est impossible," dit le capitaine, ses yeux scrutant le sol. "Où sont-ils passés ?"

Ils cherchent partout des indices, mais l'île reste silencieuse, gardant ses secrets. Le capitaine sent l'urgence monter en lui. "Il y a quelque chose de mal ici. Nous devons partir," insiste-t-il.

En se préparant à partir, ils remarquent des dessins dans le sable - des images terrifiantes d'une grande vague qui submerge l'île. "C'est un avertissement," dit le capitaine, son cœur battant fort.

Avec précipitation, ils courent vers le yacht pour lever l'ancre, mais le moteur refuse de démarrer. "Essayez encore !" crie le capitaine. Mais le moteur reste silencieux.

Le ciel s'assombrit, de gros nuages noirs couvrent le soleil. Le vent se lève, signe d'une tempête imminente. L'équipage regarde le ciel avec horreur. "Nous ne pouvons pas partir," réalise le capitaine.

La mer commence à s'agiter, de grandes vagues se forment, s'approchant de l'île avec fureur. "À l'abri !" crie le capitaine, mais où peuvent-ils se cacher ?

Les voix semblent rire maintenant, un son terrifiant mêlé au rugissement de la tempête. L'équipage se serre les uns contre les autres, sachant que la nuit sera longue, peut-être sans fin.

La tempête éclate enfin, la mer et le ciel se joignant dans une danse violente. L'équipage regarde, impuissant, alors que les vagues menaçantes s'abattent sur l'île.

Le yacht est secoué violemment, et les cris de l'équipage se perdent dans le fracas de la tempête. Ils se rendent compte que l'île ne veut pas livrer ses secrets, et que peut-être, ils ne verront jamais le lever du jour.


1. abri - shelter
2. agiter - to stir
3. aube - dawn
4. avertissement - warning
5. danse violente - violent dance

6.  dessins - drawings
7.  empreintes - footprints
8.  frisson - shiver
9.  lever du jour - sunrise
10. murmures - whispers
11. secoué - shaken
12. serpentent - wind
13. susurrent - whisper
14. tempête - storm
15. végétation dense - dense vegetation

# Secrets et Espionnage

## Le début mystérieux

Un matin frais à Paris, un homme mystérieux arrive. C'est un espion iranien. Il est là pour une mission très secrète. Il cherche des informations sur les secrets nucléaires français. Pour ne pas être reconnu, il change son apparence. Il met des lunettes et un chapeau.

L'espion va dans un petit café. Ce café est très discret. Là, il rencontre un autre espion. Ils parlent bas. Ils échangent des informations très secrètes. Ils utilisent des messages codés pour communiquer. C'est très secret. La police française ne sait rien de tout cela.

Ils ont un plan. Ils veulent voler des documents très importants. Un groupe secret les aide. Ce groupe a un grand projet pour la France. Ils veulent changer le pays. Ils ont des réunions la nuit, dans des lieux cachés.

Les espions reçoivent leurs ordres de l'Iran. Ils ont des gadgets très sophistiqués pour leur mission. C'est comme dans les films d'espionnage.

Mais un jour, la police trouve quelque chose d'étrange. C'est un indice mystérieux. La police commence à enquêter, mais très discrètement. Ils ne veulent pas alerter les espions.

Dans le café, l'espion dit à l'autre : "Nous devons être très prudents. La police a trouvé un indice." L'autre espion répond : "Oui, nous devons utiliser nos gadgets pour rester cachés."

La mission des espions est dangereuse. Mais ils sont déterminés. Ils veulent réussir à tout prix. La police travaille dur aussi. Ils veulent protéger leur pays.

C'est le début d'une histoire très mystérieuse à Paris. Qui va gagner ? Les espions ou la police ? La mission continue.

1. apparence - appearance
2. cachés - hidden
3. codés - coded

4.  dangereuse - dangerous
5.  déterminés - determined
6.  discret - discreet
7.  échanger - exchange
8.  enquêter - investigate
9.  espion - spy
10. gadgets - gadgets
11. indice - clue
12. lunettes - glasses
13. mission - mission
14. nucléaires - nuclear
15. protéger - protect


## La mission secrète

Dans la nuit, un homme entre discrètement dans un grand bâtiment. C'est notre espion. Il est déguisé en scientifique. Il porte des lunettes et une blouse blanche. Il veut trouver des fichiers très importants.

L'espion trouve les fichiers secrets. Il les copie vite sur son petit ordinateur. Mais, oh non ! Un gardien le voit. L'espion court. Il est très rapide. Le gardien ne peut pas le suivre. L'espion s'échappe avec succès.

De retour chez lui, l'espion envoie les secrets à l'Iran. Le groupe secret est très content. Ils célèbrent leur succès. Ils parlent de leurs plans futurs. Ils veulent faire plus pour leur mission.

Mais la police découvre le problème au laboratoire. Ils voient que des fichiers sont partis. La police commence à poser des questions au personnel du laboratoire. Un témoin dit avoir vu un homme étrange. Il décrit l'espion.

Avec cette description, la police crée un portrait-robot de l'espion. Ils cherchent partout cet homme. La police écoute aussi les téléphones et les emails. Ils cherchent des indices.

Le groupe secret sait que la police les cherche. Ils deviennent très prudents. Ils changent leurs plans. Ils ne veulent pas être trouvés.

Paris devient un lieu de mystère. Tout le monde parle de l'espion et de ses actions. La tension est très haute dans la ville.

Une conversation secrète entre deux membres du groupe :

- "La police nous cherche. Nous devons être très prudents maintenant," dit le premier homme.

- "Oui, changeons nos plans. Utilisons des messages secrets pour communiquer," répond l'autre.

Tout le monde attend de voir ce qui va se passer. Est-ce que la police va trouver l'espion ? Ou est-ce que l'espion va continuer sa mission sans être capturé ? La chasse continue dans les rues de Paris.


1. blouse - lab coat
2. capturé - captured
3. conversation - conversation
4. déguisé - disguised
5. découvrir - to discover
6. échappe - escapes
7. emails - emails
8. espion - spy
9. fichiers - files
10. gardien - guard
11. indice - clue
12. lunettes - glasses
13. mystère - mystery
14. portrait-robot - composite sketch
15. tension - tension


**Sur la piste**

La police travaille très fort. Ils examinent l'indice trouvé. C'est un bout de papier avec un code secret. Les policiers sont très intelligents. Ils identifient le suspect. C'est un grand moment !

Ils commencent à suivre le suspect, mais très discrètement. Ils ne veulent pas qu'il se doute de quelque chose. Ils découvrent un café. C'est un lieu secret pour les espions. Ils s'y parlent et échangent des informations.

Un policier très brave devient un agent secret. Il change son apparence pour infiltrer le groupe d'espions. Il converse avec eux. Petit à petit, ils lui accordent leur confiance. Il en apprend beaucoup sur eux. Il découvre leurs plans pour l'avenir.

La police décide qu'il est temps d'agir. Ils préparent une grande opération. Ils localisent où le groupe secret se réunit. C'est un grand bâtiment dans un quartier calme.

Une nuit, tout est prêt. L'agent secret envoie un signal à la police. C'est le moment d'agir. La police arrive très vite. Ils pénètrent dans le bâtiment.

Ils surprennent les membres du groupe secret. Ils les arrêtent. Mais, oh non ! L'espion principal aperçoit la police. Il court très vite. Il s'échappe par une porte secrète.

La police est un peu déçue mais aussi satisfaite. Ils ont capturé de nombreux membres du groupe. Cependant, l'espion principal est toujours en liberté.

Dans le café, avant l'opération, l'agent secret discute avec un espion.

- "Nous avons un grand plan pour demain," révèle l'espion.
- "Oui, c'est très important pour nous," répond l'agent secret, pensant, "Je dois informer la police."

C'est une grande aventure pour la police et l'agent secret. Ils savent que l'espion principal est toujours quelque part. Ils doivent continuer leurs recherches.

La ville de Paris est en émoi. Tout le monde parle de cette affaire. C'est très excitant. Que va-t-il se passer ensuite ? La police va-t-elle capturer l'espion principal ? La chasse est loin d'être terminée.

1. agent secret - secret agent
2. aperçoit - spots

3.  aventure - adventure
4.  calme - quiet
5.  capturé - captured
6.  code secret - secret code
7.  discrètement - discreetly
8.  échappe - escapes
9.  excitant - exciting
10. indice - clue
11. infiltrer - infiltrate
12. membres - members
13. opération - operation
14. papier - paper
15. quartier - district

## L'ultime capture

La grande chasse commence. La police de Paris cherche partout l'espion. Cet espion est très malin. Il change son apparence. Il met une perruque et des lunettes.

Il essaie de sortir de Paris. Mais la police est plus astucieuse. Elle bloque toutes les routes. Personne ne peut sortir sans être vérifié.

La télévision et la radio alertent tous les citoyens de Paris. "Attention ! Un espion essaie de s'échapper. Soyez vigilants !" Tous les citoyens scrutent leur entourage.

L'espion trouve un vieux bâtiment. Il s'y cache. Il est persuadé que personne ne peut le trouver.

Mais, surprise ! La police reçoit un appel anonyme. Quelqu'un informe, "L'espion est dans le vieux bâtiment." La police réagit rapidement. Ils arrivent avec de nombreuses voitures. Ils encerclent le bâtiment.

L'espion aperçoit la police. Il tente une dernière évasion. Il court très vite. Mais la police est omniprésente. Il ne peut échapper.

Finalement, la police capture l'espion. C'est un moment crucial. Les secrets sont en sa possession. La police les récupère.

L'espion est désormais entre les mains de la police. Ils l'interrogent intensément. "Qui es-tu ? Pourquoi es-tu ici ?" L'espion se met à parler. Il révèle des informations sur le réseau secret.

Grâce à ces révélations, la police localise tous les autres espions. Le vaste réseau secret est démantelé. Fini les secrets, fini les dangers.

Paris retrouve la tranquillité. Les habitants sont soulagés. La police est félicitée pour son excellent travail. "Merci, police !" disent les citoyens.

Avant sa capture, l'espion discute avec un complice.

- "Je vais tenter de quitter Paris ce soir," confie l'espion.

- "Sois extrêmement prudent. La police te cherche partout," conseille son ami.

Mais l'espion ne parvient pas à fuir. La police démontre sa perspicacité.

Désormais, Paris est paisible. Cependant, la police sait que sa mission ne s'achève jamais. Elle doit toujours rester vigilante et protéger la ville.

La conclusion de cette affaire est positive pour Paris. Mais la police reste en alerte, prête pour les défis à venir.

1. alertent - alert
2. anonyme - anonymous
3. aperc oit - notices
4. capture - capture
5. complice - accomplice
6. démantelé - dismantled
7. encerclent - surround
8. évasion - escape
9. interrogent - interrogate
10. malin - cunning
11. omniprésente - everywhere

12. perruque - wig
13. perspicacité - insightfulness
14. révélations - revelations
15. vigilants - vigilant

## La fin d'une époque

Le jour est arrivé. L'espion est devant le juge à Paris. C'est un grand jour. Le tribunal est plein. Tout le monde veut voir. L'espion est très calme. Il sait que c'est important.

Le juge parle. "Tu es coupable. Tu as fait des choses très dangereuses." L'espion écoute. Il ne dit rien. Le juge continue. "Tu vas rester en prison pour de nombreuses années." C'est fini pour l'espion.

Les documents secrets sont maintenant en sécurité. La police a fait un excellent travail. Tout le monde est très content. "Bravo, police !" disent les gens dans les rues.

Le groupe secret n'existe plus. C'est une bonne nouvelle pour Paris. Les gens peuvent dormir tranquilles. Ils ne sont plus inquiets.

Mais le monde est compliqué. Il y a toujours des dangers. L'espionnage ne s'arrête jamais. La police sait cela. Ils restent toujours prêts.

Ils travaillent plus fort maintenant. Ils veulent protéger la ville. Ils installent plus de caméras. Ils collaborent avec d'autres pays. La coopération est très importante.

Les relations entre la France et l'Iran sont un peu tendues. C'est un problème. Mais la France travaille avec tous les pays. Ils veulent la paix.

Il y a d'autres groupes secrets. La police les recherche. C'est un grand travail. Ils ne dorment jamais. Ils observent partout.

Paris est une belle ville. Mais c'est aussi un lieu de danger. Les espions aiment Paris. La police doit être très vigilante.

La lutte contre l'espionnage continue. C'est une grande responsabilité. La police de Paris est prête. Ils veulent protéger la ville et ses habitants.

Un jour, un policier discute avec son ami.

- "Le travail est difficile. Mais nous devons protéger Paris," dit le policier.

- "Oui, tu as raison. Merci pour ton travail," répond l'ami.

C'est la fin de notre histoire. Paris est en sécurité, pour le moment. Mais demain est un autre jour. La police est toujours là, veillant sur la ville.

La vie continue à Paris. Les gens vont au travail, les enfants vont à l'école. Mais quelque part, quelqu'un planifie quelque chose. La police sera là, toujours prête pour la prochaine aventure.

1. aventure - adventure
2. caméras - cameras
3. coupable - guilty
4. dangers - dangers
5. espion - spy
6. espionnage - espionage
7. inquiets - worried
8. juge - judge
9. lutte - fight
10. perruque - wig
11. planifie - plans
12. prison - prison
13. responsabilité - responsibility
14. sécurité - safety
15. veillant - watching

# Les Mystères de la Vallée

## Le début de l'aventure

Deux amis, Marc et Léa, adorent l'aventure. Un jour, ils décident d'explorer les montagnes des Pyrénées. Dans un petit marché, ils trouvent une carte très ancienne. Cette carte montre une vallée cachée avec un grand château. "Regarde, Marc ! Il faut qu'on trouve cette vallée !" dit Léa avec excitation.

Le voyage est difficile. Ils marchent longtemps sur des chemins compliqués. Mais finalement, ils arrivent à l'entrée de la vallée. C'est un endroit magnifique, plein de fleurs et d'arbres. Au loin, ils voient le château. Il est grand et semble abandonné.

Ils entrent dans la vallée. Tout est calme et paisible. Soudain, ils rencontrent un vieil homme. "Bonjour, je suis Henri, le gardien de cette vallée," dit l'homme. Marc et Léa sont très surpris. "La vallée est libre et indépendante depuis 1252," explique Henri.

Marc et Léa sont très curieux. Ils posent beaucoup de questions. Henri leur propose de rester la nuit. "Vous pouvez dormir au château," dit-il.

Dans la soirée, autour d'un feu, Henri commence à raconter l'histoire de la vallée. Marc et Léa écoutent attentivement. "C'est incroyable ! Nous voulons en savoir plus !" dit Léa. Henri sourit. "Demain, je vous montrerai le château," promet-il.

Marc et Léa sont très contents. Ils vont dormir dans un vrai château ! Cette nuit, ils rêvent d'aventures, de trésors cachés et de mystères à découvrir.

Le lendemain, après un petit déjeuner avec Henri, ils sont prêts à explorer le château. "L'aventure commence vraiment aujourd'hui," dit Marc. Léa sourit. "Oui, qui sait ce qu'on va trouver !"

Ce premier chapitre ouvre la porte à une aventure pleine de mystères et de découvertes. Marc et Léa sont sur le point de vivre une expérience qu'ils n'oublieront jamais.

1. abandonné - abandoned
2. ancienne - ancient
3. aventure - adventure
4. calme - calm
5. château - castle
6. chemins - paths
7. curieux - curious
8. découvertes - discoveries
9. explorer - to explore
10. gardien - guardian
11. indépendante - independent
12. magnifique - magnificent
13. marché - market
14. mystères - mysteries
15. paisible - peaceful

**Mystères au château**

Après avoir accepté l'invitation d'Henri, Marc et Léa suivent le seigneur jusqu'au château. Devant eux se dresse une grande porte en bois. "Bienvenue chez moi," dit Henri en ouvrant la porte. Le château semble n'avoir vu personne depuis longtemps.

Ils entrent dans une grande salle où des portraits anciens décorent les murs. "Ces portraits sont de ma famille," explique Henri. Le seigneur commence alors à raconter l'histoire de la vallée. Marc et Léa écoutent, fascinés par les récits d'aventures et de batailles passées.

Comme la nuit tombe, le château prend une allure effrayante. Des bruits étranges résonnent dans les couloirs. "Qu'est-ce que c'est ?" murmure Léa. "C'est juste le vent," répond Marc, mais il n'en est pas si sûr.

Explorant le château, ils découvrent un passage secret derrière une tapisserie. Ce passage les mène à une vieille bibliothèque pleine de livres poussiéreux. Sur une table, un livre attire leur attention. Il parle de l'histoire de la vallée et mentionne un trésor caché. "On doit trouver ce trésor !" s'exclame Marc.

La nuit, dans leur chambre, ils voient des ombres bouger le long des murs. "Tu penses que c'est le trésor qui est hanté ?" demande Léa. "Peut-être, mais nous allons le découvrir," dit Marc, essayant de paraître brave.

Le lendemain matin, après un petit déjeuner silencieux avec Henri, ils annoncent leur décision de chercher le trésor. "Faites attention," les prévient Henri. "La quête peut être dangereuse."

L'aventure dans le château est pleine de mystères et de découvertes. Chaque porte semble cacher un secret, et chaque couloir mène à une nouvelle énigme. Marc et Léa sont déterminés à découvrir tous les secrets du château, y compris l'emplacement du trésor caché. Leur quête promet d'être excitante et pleine de rebondissements.

1. allure - appearance
2. anciens - ancient
3. batailles - battles
4. château - castle
5. couloirs - corridors
6. décorer - decorate
7. déterminés - determined
8. effrayante - scary
9. énigme - enigma, puzzle
10. excitante - exciting
11. haunté - haunted
12. invitation - invitation
13. livres poussiéreux - dusty books
14. passage secret - secret passage
15. tapisserie - tapestry

**Le secret du labyrinthe**

Marc et Léa commencent leur journée avec un plan. "Nous allons explorer chaque coin du château pour trouver des indices sur le trésor," dit Marc avec enthousiasme. Pendant qu'ils cherchent,

Léa trouve une vieille clé rouillée sous un tapis. "Regarde, Marc ! Peut-être qu'elle ouvre quelque chose d'important !"

Ils cherchent partout où la clé pourrait aller. Finalement, dans la cour, ils découvrent une petite porte cachée par des lierres. La clé ouvre la porte avec un grincement. Derrière, ils trouvent un labyrinthe. "Wow, c'est comme dans les histoires !" s'exclame Léa.

Avec prudence, ils entrent dans le labyrinthe. Le chemin est complexe, avec des énigmes écrites sur les murs. Ils doivent résoudre chaque énigme pour continuer. Après plusieurs heures, ils arrivent enfin au centre du labyrinthe.

Au centre, ils trouvent un coffre ancien. Leur cœur bat fort quand ils l'ouvrent, mais le coffre est vide. À la place, il y a une carte avec un nouveau lieu à découvrir dans la vallée. "C'est une autre partie de l'aventure," dit Marc, un peu déçu mais toujours curieux.

Soudain, ils entendent des pas derrière eux. Ils se retournent mais ne voient personne. "Vite, il faut partir d'ici !" dit Léa. Ils courent vers la sortie, suivant le chemin qu'ils ont mémorisé. Juste avant de sortir, ils jettent un dernier regard derrière eux et voient une ombre disparaître.

Une fois en sécurité, ils reprennent leur souffle. "Quelqu'un nous suivait, mais qui ?" se demande Marc. Ils décident de ne pas laisser la peur les arrêter. "Allons voir ce nouvel endroit," dit Léa, déterminée.

Le soleil commence à baisser quand ils trouvent le lieu indiqué par la carte. C'est un vieux puits caché par la végétation. "Le trésor doit être ici," dit Marc, regardant autour avec excitation. Ils préparent leur corde pour descendre dans le puits, prêts à découvrir ce qui les attend.

Cette journée est pleine de surprises et de découvertes. Marc et Léa ont trouvé un nouveau chemin dans leur quête du trésor. Le mystère du labyrinthe les a rapprochés de leur but, mais aussi de nouveaux dangers. Qu'est-ce qui les attend au fond du puits ? La réponse se trouve juste devant eux.

1. ancien - ancient
2. aventure - adventure
3. carte - map
4. chemin - path
5. coffre - chest
6. déçu - disappointed
7. déterminée - determined
8. énigme - puzzle, riddle
9. excitation - excitement
10. grincement - creaking
11. labyrinthe - labyrinth, maze
12. lierres - ivies
13. mystère - mystery
14. ombre - shadow
15. puits - well

**Le Trésor de la Vallée**

Marc et Léa suivent attentivement la carte à travers les sentiers sinueux de la vallée. Après une longue marche, ils découvrent un vieux puits, caché sous la végétation épaisse. "C'est ici ! Le trésor doit être près," s'exclame Marc en pointant sur la carte.

Ils attachent fermement la corde autour d'un arbre et commencent à descendre prudemment dans le puits. Au fond, ils trouvent une entrée menant à une petite grotte. Leurs yeux s'écarquillent devant les coffres remplis d'or et de bijoux étincelants. "Je n'arrive pas à croire que le trésor est vraiment là," murmure Léa, émerveillée.

Soudain, ils entendent des bruits venant de l'entrée de la grotte. Prudents, ils se cachent, puis aperçoivent Henri, le seigneur de la vallée, qui les attend à l'extérieur. Henri leur explique calmement que le trésor appartient à la vallée et a servi à protéger et soutenir ses habitants pendant des siècles. "Je vous remercie de l'avoir trouvé, mais je dois vous demander de le laisser ici," dit-il d'une voix douce.

Marc et Léa se regardent et hochent la tête en signe d'accord. "Nous comprenons. Ce trésor est plus important pour la vallée que pour nous," répond Marc respectueusement.

Pour les remercier de leur compréhension et de leur courage, Henri les invite à passer une autre nuit au château. "Votre hospitalité est incroyable, merci," dit Léa, touchée par la gentillesse du seigneur.

Le lendemain matin, après un petit-déjeuner chaleureux, Marc et Léa commencent à préparer leur départ. Henri leur offre un petit objet du trésor comme souvenir. "Pour vous rappeler votre aventure ici," explique-t-il avec un sourire.

Avant de partir, Marc dit, "Cette aventure nous a appris beaucoup. Merci pour tout, Henri." Léa ajoute, "Nous n'oublierons jamais cette vallée et ses secrets."

Ils disent au revoir à Henri et à la vallée, emportant avec eux des souvenirs inoubliables. Sur le chemin du retour, ils partagent leurs pensées sur l'aventure. "C'était incroyable, n'est-ce pas ?" demande Léa. "Oui, et nous avons découvert que les vrais trésors sont les aventures que nous vivons et les amis que nous rencontrons en chemin," répond Marc.

Le soleil se couche sur la vallée alors qu'ils s'éloignent, marquant la fin de leur aventure, mais le début de nombreuses autres à venir.

1. aventure - adventure
2. bijoux - jewels
3. chaleureux - warm
4. coffres - chests
5. compréhension - understanding
6. courage - courage
7. écarquillent - widen
8. étincelants - sparkling
9. grotte - cave
10. hospitalité - hospitality
11. inoubliables - unforgettable

12. puits - well
13. sinueux - winding
14. souvenir - keepsake, memory
15. végetation épaisse - thick vegetation

## Les gardiens du secret

Avant de quitter la vallée, Marc et Léa rencontrent Henri pour une dernière conversation. Autour d'une table en bois, sous un vieux chêne, Henri leur révèle plus de secrets sur la vallée. "Cette vallée a toujours été un refuge pour ceux en besoin, persécutés pour leurs croyances ou fuyant les conflits," commence Henri.

Il leur explique que le trésor a été accumulé au fil des siècles, non pas pour la richesse, mais pour protéger la vallée et ses habitants. "Je ne suis pas seulement le seigneur de cette vallée ; je suis son gardien, comme l'étaient mes ancêtres avant moi," dit Henri, les yeux brillants d'émotion.

Marc et Léa écoutent, profondément touchés par l'histoire de la vallée. Ils comprennent maintenant l'importance de garder cet endroit secret. "Nous promettons de ne jamais révéler son emplacement," dit Léa avec sérieux. "Votre secret est en sécurité avec nous," ajoute Marc.

En signe de gratitude, Henri leur donne un petit objet du trésor. "Gardez ceci comme souvenir de votre aventure et de la promesse que vous m'avez faite," leur dit-il. C'est une petite boussole ancienne, magnifiquement ouvragée.

Ils disent au revoir à Henri et à la vallée magique, le cœur lourd mais l'esprit plein de souvenirs incroyables. Sur le chemin du retour, ils marchent en silence, réfléchissant à tout ce qu'ils ont appris.

"Tu te rends compte, Marc, de la valeur de ce que nous avons découvert ? Pas le trésor, mais l'histoire de cette vallée et l'importance de la préserver," dit Léa, pensivement. "Oui, et c'est une leçon que je n'oublierai jamais. C'était plus qu'une aventure ; c'était une révélation sur ce qui compte vraiment," répond Marc.

Quand ils rejoignent enfin la civilisation, ils se sentent changés, mûris par l'expérience. Ils partagent leur aventure avec leurs amis, racontant les défis, les découvertes et la beauté de la vallée, mais sans jamais révéler son emplacement secret.

Leur histoire inspire d'autres à chercher leur propre aventure, à respecter l'histoire et à protéger les secrets qui méritent de rester cachés. Marc et Léa deviennent des exemples de curiosité, de courage et de respect pour le passé.

Ils gardent le secret de la vallée pour toujours, honorant ainsi leur promesse à Henri. Et dans leurs cœurs, la vallée reste un trésor inestimable, un rappel que certaines merveilles sont destinées à rester cachées, protégées pour l'éternité.

1. accumulé - accumulated
2. ancêtres - ancestors
3. aventure - adventure
4. boussole - compass
5. chêne - oak
6. civilisation - civilization
7. conflits - conflicts
8. croyances - beliefs
9. éternité - eternity
10. gardien - guardian
11. inestimable - priceless
12. magnifiquement - beautifully
13. outragée - crafted
14. persécutés - persecuted
15. refuge - refuge

# Les Secrets des Templiers

## Le Départ

En l'année 1134, un jeune homme nommé Pierre quitte la France. Son cœur bat fort d'excitation et de nervosité. Il a toujours rêvé de cette aventure. Pierre est un templier, un chevalier courageux et curieux. Il rejoint les templiers pour une mission noble : protéger les pèlerins qui voyagent vers la terre sainte de Jérusalem.

Le voyage est long et difficile, mais Pierre est déterminé. Il pense souvent à Jérusalem, à ce que la vie là-bas pourrait être. "Comment est Jérusalem ?" se demande-t-il.

Une fois arrivé, la vie à Jérusalem est complètement différente de tout ce qu'il a connu. La ville est pleine de bruits, de couleurs, et d'odeurs nouvelles. Pierre est à la fois émerveillé et un peu dépassé. Mais il n'a pas le temps de s'attarder sur ses impressions. Il doit apprendre à vivre comme un templier.

Pierre s'entraîne dur au combat. Les épées clangent, les boucliers s'entrechoquent. "Garde ton épée plus haute, Pierre !" lui crie un templier plus expérimenté. Pierre écoute, apprend, et s'améliore.

Mais la vie de templier n'est pas que combat. Pierre prie avec les autres templiers, découvrant une profondeur spirituelle qu'il n'avait jamais connue. "Notre Père, qui es aux cieux..." résonne dans la chapelle.

Pierre explore aussi Jérusalem. Il est fasciné par les lieux sacrés, touchant les pierres anciennes et se sentant connecté à quelque chose de plus grand que lui. "C'est si beau," murmure-t-il.

Dans cette nouvelle vie, Pierre se fait des amis parmi les templiers. Ils partagent des histoires, des rires, et des moments de doute. "Tu te sens chez toi ?" lui demande un ami. "Oui, de plus en plus," répond Pierre avec un sourire.

Il apprend aussi l'histoire des templiers. "Nous protégeons les pèlerins, mais nous protégeons aussi une foi," lui explique un templier sage. Pierre écoute, captivé, impressionné par le dévouement des templiers. Il se sent fier, prêt à servir.

Le départ de Pierre de la France et son arrivée à Jérusalem marquent le début de sa grande aventure. Il est prêt à embrasser sa nouvelle vie, à protéger, à apprendre, et à grandir. Pierre est un templier, et il est là pour servir.

1. anciennes - ancient
2. aventure - adventure
3. boucliers - shields
4. bruits - noises
5. chevalier - knight
6. combat - combat
7. curieux - curious
8. dépassé - overwhelmed
9. déterminé - determined
10. doute - doubt
11. émerveillé - amazed
12. entraîne - trains
13. nervosité - nervousness
14. pèlerins - pilgrims
15. spirituelle - spiritual

**La Nouvelle Vie**

Pierre commence à s'habituer à sa nouvelle vie de templier à Jérusalem. Chaque jour, il suit un horaire très strict. Le matin, il se lève tôt pour la prière avant de commencer ses tâches.

Un jour, alors qu'il monte la garde près du Temple, un pèlerin s'approche de lui. "Pouvez-vous m'aider ?" demande le pèlerin. Pierre sourit. "Bien sûr, que puis-je faire pour vous ?" Il guide le pèlerin à travers la ville, content de pouvoir aider.

Même si la vie est difficile, Pierre trouve du bonheur dans ces petits moments. Il commence aussi à apprendre l'arabe. "Salam," dit-il timidement à un marchand. "Ah, tu apprends l'arabe ! Très bien," répond le marchand avec un grand sourire.

Pierre passe aussi du temps à lire des livres sur la foi. Un jour, en discutant avec des moines, il pose des questions sur les textes. "La foi est dans notre cœur," explique un moine. Pierre écoute attentivement, désireux d'apprendre.

Il continue d'explorer Jérusalem, chaque coin de rue révélant de nouvelles merveilles. "Cette ville est incroyable," pense Pierre en marchant.

La médecine des templiers est une autre compétence que Pierre apprend. "Cela pourrait sauver des vies," dit l'instructeur en montrant comment préparer un remède. Pierre est fasciné et prend des notes soigneusement.

S'entraîner avec l'épée devient une partie importante de sa routine. Avec chaque jour qui passe, il devient plus fort, ses coups plus précis. "Tu t'améliores, Pierre," lui dit son maître d'armes.

Pierre aide également à construire des fortifications autour de la ville. "Ces murs protégeront Jérusalem," dit un templier. Pierre, en sueur mais satisfait, continue de travailler dur.

Il étudie aussi les stratégies de combat, apprenant à penser comme un guerrier. "Un bon templier sait quand combattre et quand être en paix," explique son instructeur.

À travers tout cela, Pierre se sent fier d'être templier. "Je suis là où je dois être," se dit-il en regardant le soleil se coucher sur Jérusalem. Sa nouvelle vie est pleine de défis, mais aussi de bonheur et de sens. Pierre est prêt à continuer son voyage, à servir et à protéger.

1. arabe - Arabic
2. combattre - to fight
3. défis - challenges
4. fortifications - fortifications
5. guerrier - warrior
6. horaires - schedules
7. instructeur - instructor
8. médecine - medicine

9.  moines - monks
10. pèlerin - pilgrim
11. remède - remedy
12. routine - routine
13. stratégies - strategies
14. templier - Templar
15. textes - texts


**Le Passage Secret**

Un jour, en parlant avec d'autres templiers, Pierre entend une histoire étrange. "Il y a un passage secret ici, sous un vieux bâtiment," dit un templier. Pierre est très curieux. "Un passage secret ? Je veux voir !"

Le lendemain, Pierre décide d'investiguer. Il cherche partout et, finalement, trouve l'entrée du passage caché sous un tas de pierres. "C'est ici," murmure-t-il.

Le passage est sombre et étroit. Pierre prend une torche pour éclairer son chemin. Il marche prudemment, écoutant les sons autour de lui. Soudain, il entend des bruits étranges. "Qu'est-ce que c'est ?" se demande-t-il.

Il continue d'avancer et voit des inscriptions sur les murs. "Ces écritures sont très anciennes," pense Pierre, touchant les symboles du bout des doigts.

Le passage semble mener à l'inconnu. Après quelques minutes, Pierre découvre une pièce cachée. Son cœur bat fort. "Wow, une pièce secrète !"

Dans cette pièce, il trouve des documents. Ils sont couverts de poussière et semblent très vieux. "Qu'est-ce que c'est ?" Pierre est intrigué. Il souffle sur les documents pour enlever la poussière et commence à les examiner.

Les documents contiennent des écritures qu'il ne comprend pas tout de suite. "Il faut que je prenne le temps de les lire," pense Pierre. Il est fasciné par sa découverte.

Soudain, il entend un bruit derrière lui. Pierre se retourne rapidement, mais il n'y a rien. "C'est peut-être le vent," se dit-il, un peu nerveux.

Il décide de prendre les documents avec lui pour les étudier plus tard. "Je dois en savoir plus sur ces écritures et cette pièce secrète."

En sortant du passage, Pierre repense à ce qu'il vient de découvrir. "C'est incroyable," se dit-il. Il est impatient de partager cette découverte avec quelqu'un de confiance, mais il sait aussi qu'il doit être prudent.

Pierre cache les documents dans sa chambre et s'endort, plein de questions sur ce passage secret et les mystères qu'il contient. "Demain, je commencerai à chercher des réponses," pense-t-il avant de s'endormir.

1.  anciennes - ancient
2.  avancer - to advance
3.  bruits - noises
4.  chambre - room
5.  cœur - heart
6.  couverts - covered
7.  découverte - discovery
8.  documents - documents
9.  éclairer - to light up
10. écritures - writings
11. étroit - narrow
12. intrigué - intrigued
13. marche - walk
14. passage secret - secret passage
15. poussière - dust
16. prudemment - cautiously
17. torche - torch

## Le Mystère des Documents

Le lendemain matin, Pierre se réveille avec une seule idée en tête : examiner les documents trouvés dans le passage secret. Il s'assoit à sa table, ouvre les rouleaux de papier avec précaution et commence à lire. Les documents sont écrits en latin, une langue que Pierre a apprise pendant son éducation de templier.

À mesure qu'il déchiffre les mots, Pierre est de plus en plus choqué. Les documents parlent de Jésus Christ, mais ils contiennent des affirmations incroyables. "C'est impossible," murmure-t-il. Selon ces textes, Jésus n'aurait jamais existé en tant que personne réelle, mais aurait été un personnage dans une pièce de théâtre.

Pierre ne peut pas croire ce qu'il lit. "Comment est-ce possible ?" se demande-t-il. Il réalise soudain l'importance et la dangerosité de sa découverte. Si ces documents venaient à être connus, ils pourraient changer l'histoire de la foi chrétienne.

Conscient des risques, Pierre décide de cacher les documents dans un endroit sûr de sa chambre. Il réfléchit longuement à ce qu'il doit faire. "C'est très dangereux," se dit-il. Il sait que partager ces informations pourrait provoquer de grands troubles.

Après avoir beaucoup réfléchi, Pierre décide de parler à un ami templier en qui il a confiance. Il se rend chez son ami et lui montre les documents. "Regarde ce que j'ai trouvé," dit-il.

Son ami est abasourdi. "C'est incroyable," dit-il après avoir lu. Ils discutent ensemble des implications de cette découverte. "Que devons-nous faire ?" demande l'ami.

Pierre soupire. "Je ne sais pas. C'est très sensible. Peut-être devrions-nous garder le secret pour l'instant." Son ami acquiesce. "Oui, je suis d'accord. C'est trop dangereux."

Ils décident ensemble de ne parler de ces documents à personne d'autre pour le moment. Pierre retourne dans sa chambre, les pensées tourbillonnant dans sa tête. Il sait qu'il a découvert quelque chose d'énorme, mais il ne peut pas encore mesurer toutes les conséquences.

Pierre cache à nouveau les documents, cette fois dans un endroit encore plus secret. "Je dois protéger cette découverte," pense-t-il. Alors qu'il se prépare pour une autre nuit de sommeil, Pierre prie pour la sagesse et la force de gérer correctement cette situation délicate. "Que dois-je faire ?" se demande-t-il avant de s'endormir, espérant que les jours à venir lui apporteront des réponses.

1.  abasourdi - stunned
2.  acquiesce - agrees
3.  affirmations - claims
4.  chambre - room
5.  déchiffre - deciphers
6.  délicate - delicate
7.  énorme - huge
8.  implications - implications
9.  latin - Latin
10. mesurer - measure
11. papier - paper
12. passage secret - secret passage
13. rouleaux - scrolls
14. sensible - sensitive
15. sagesse - wisdom

## Les Agents Secrets

Un jour, Pierre entend une nouvelle inquiétante. Des agents envoyés par le pape sont arrivés à Jérusalem. Leur mission ? Chercher des informations sensibles. Pierre se demande s'ils sont venus pour les documents qu'il a trouvés.

Très vite, il apprend que ces agents ont l'intention de détruire tous les documents pouvant remettre en question l'histoire officielle de l'Église. Pierre se sent un poids dans l'estomac. "Ils ne doivent pas trouver ces documents," pense-t-il.

Les agents commencent à poser des questions autour d'eux, cherchant des personnes qui pourraient en savoir plus sur des découvertes anciennes. Pierre voit leur détermination et décide de rester très prudent. Il évite de parler aux gens qu'il ne connaît pas et reste discret sur ses activités.

Pierre prend la décision de cacher les documents dans un lieu encore plus sûr que sa chambre. Il trouve une cachette secrète dans une vieille partie des fortifications, là où personne ne va jamais. "Ils seront en sécurité ici," se dit-il en cachant soigneusement les rouleaux.

Les jours suivants, Pierre observe les agents qui continuent leurs recherches. Ils semblent très intéressés par les templiers, posant beaucoup de questions et surveillant leurs mouvements. Pierre fait de son mieux pour agir normalement, mais il est toujours sur ses gardes.

Un soir, alors qu'il retourne à sa cachette pour vérifier les documents, Pierre remarque une ombre qui le suit. Il accélère le pas, tournant dans les ruelles pour semer son poursuivant. "Ils utilisent des espions," réalise-t-il. Heureusement, il réussit à échapper à l'ombre sans être vu.

Le lendemain, Pierre rencontre son ami templier en secret. "Les agents du pape sont partout," dit-il à voix basse. "Je sais, j'ai été suivi hier," répond Pierre. Ils conviennent qu'il est crucial de rester vigilants et de protéger le secret à tout prix.

Les semaines passent, et Pierre fait de son mieux pour éviter tout soupçon. Il continue ses tâches quotidiennes, mais son esprit est constamment occupé par les agents secrets. "Je dois être très prudent," se dit-il chaque jour.

Malgré la pression, Pierre est déterminé à protéger les documents et la vérité qu'ils contiennent. Il sait que l'histoire de ces documents est plus grande que lui et qu'il doit faire tout son possible pour les garder en sécurité. "Je garderai ce secret," se promet-il, prêt à affronter tous les défis à venir.

1. agents - agents
2. cachette - hiding place
3. caché - hidden
4. déterminé - determined
5. documents - documents
6. espions - spies

7.  fortifications - fortifications
8.  inquiétante - worrying
9.  latine - Latin (for learning purpose, in reference to the language Pierre knows)
10. ombre - shadow
11. poursuivant - pursuer
12. prudent - cautious
13. rouleaux - scrolls
14. sensible - sensitive
15. surveillant - monitoring


## La Lutte Interne Parmi les Templiers

Des rumeurs circulent parmi les templiers à Jérusalem, créant des tensions au sein de l'ordre. Un groupe de templiers a entendu parler des documents que Pierre a découverts et ils sont divisés sur ce qu'il faut en faire.

"Nous devons rendre ces documents publics," dit un templier audacieusement lors d'une réunion. "Le monde doit connaître la vérité."

Mais un autre templier secoue la tête. "Pensez aux conséquences. Cela pourrait détruire tout en quoi nous croyons."

Pierre se trouve au milieu de ce débat. Il tient fermement à protéger la vérité contenue dans les documents, mais il sait aussi qu'il doit agir avec prudence. "Nous devons être sages," dit-il. "La vérité est importante, mais nous devons aussi protéger notre foi."

Les discussions deviennent de plus en plus intenses, et certains templiers commencent à se méfier de Pierre, se demandant pourquoi il veut tant garder ces documents secrets. "Pourquoi caches-tu cela, Pierre ?" demande l'un d'eux avec suspicion.

Pierre défend sa position avec calme. "Je crois en l'importance de notre foi. Ces documents pourraient causer plus de mal que de bien s'ils étaient mal interprétés."

La division au sein de l'ordre devient évidente, et Pierre se rend compte qu'il a besoin de trouver des alliés. Il passe du temps à parler avec différents templiers, expliquant ses craintes et ses espoirs.

Finalement, il trouve quelques templiers qui sont d'accord avec lui. Ensemble, ils forment un petit groupe déterminé à protéger les documents. "Nous devons agir en secret pour le bien de tous," dit Pierre à ses nouveaux alliés.

Ils se rencontrent en cachette, planifiant la meilleure façon de garder les documents en sécurité. "Nous devons être très prudents," dit l'un d'eux. "Les agents du pape et même certains des nôtres pourraient être contre nous."

Ce groupe de templiers devient une petite fraternité, unie par un secret et un but commun. Malgré les dangers et les défis, ils sont déterminés à protéger ce qu'ils croient être juste.

Pierre se sent encouragé par le soutien de ses alliés. "Merci, mes amis. Ensemble, nous garderons la vérité en sécurité," dit-il avec gratitude.

Dans l'ombre des tensions et des conflits, Pierre et son petit groupe continuent de planifier en secret, prêts à faire tout ce qui est nécessaire pour protéger les documents et, par extension, leur foi.

1. alliés - allies
2. audacieusement - audaciously
3. cachette - hiding place
4. conséquences - consequences
5. débat - debate
6. déterminé - determined
7. fraternité - brotherhood
8. intenses - intense
9. mal interprétés - misinterpreted
10. méfier - to distrust
11. planifier - to plan
12. prudence - caution
13. rumeurs - rumors
14. sages - wise

## La Conclusion

Après de longues semaines de tensions et de dangers, Pierre sait qu'il est temps d'agir définitivement pour protéger les documents. Il réunit ses alliés les plus proches pour partager son plan. "Nous devons cacher ces documents pour toujours," annonce-t-il avec sérieux.

Ensemble, ils trouvent un lieu sûr à l'extérieur de Jérusalem, loin des regards curieux. Sous le couvert de la nuit, ils creusent profondément dans la terre et placent les documents dans un coffre solide. Avec soin, ils enterrent le coffre, marquant secrètement l'emplacement pour que seul un petit nombre sache où il repose.

"Nous devons jurer de garder ce secret," dit Pierre, regardant chacun de ses alliés dans les yeux. Ils acquiescent tous, comprenant l'importance de leur serment.

Les jours passent, et les agents du pape continuent leur recherche sans relâche. Mais, malgré tous leurs efforts, ils ne trouvent rien. Finalement, sans preuves ni pistes à suivre, ils quittent Jérusalem, laissant Pierre et les templiers en paix.

Pierre, soulagé mais conscient du poids qu'il porte, continue sa vie de templier. Il garde le secret des documents, sachant que la vérité qu'ils contiennent pourrait un jour changer le monde, mais que pour l'instant, elle doit rester cachée.

Les alliés de Pierre, ceux qui ont partagé le danger et le secret, restent proches. Ils reprennent leur vie normale, mais le lien qui les unit est désormais indestructible.

La vie à Jérusalem reprend son cours, les gens vaquent à leurs occupations, inconscients des événements qui se sont déroulés dans l'ombre. Pierre, dans ses prières, demande souvent s'il a fait le bon choix. "Ai-je bien fait, Seigneur ?" murmure-t-il dans la chapelle.

Il espère avoir protégé la foi des gens en gardant ces documents secrets. Il comprend que certaines vérités sont trop lourdes à porter pour le monde actuel.

Pierre garde le mystère pour lui, promettant de le porter dans son cœur pour toujours. Il regarde le ciel étoilé au-dessus de

Jérusalem, sentant le poids de son secret mais aussi la paix de sa décision. "Le secret des templiers restera avec moi," pense-t-il, prêt à affronter l'avenir, quoi qu'il apporte.

1.  acquiescent - agree
2.  chapelle - chapel
3.  coffre - chest
4.  creusent - dig
5.  dangers - dangers
6.  définitivement - definitively
7.  enterrent - bury
8.  inconscients - unaware
9.  indestructible - indestructible
10. jurer - swear
11. murmure - murmurs
12. pape - pope
13. regards curieux - curious eyes
14. serment - oath
15. templiers - Templars

# L'Ombre du Poing Rouge

## Le Détective Privé

Bruno est un détective privé à Paris. Il aime son travail et résout toujours les affaires les plus difficiles. Un matin, Bruno reçoit un appel. Une voix inquiète dit, "J'ai besoin de votre aide, Bruno. C'est urgent." Bruno est attentif. "Je suis là pour vous aider. Parlez-moi de votre cas."

Le client explique que quelque chose d'étrange se passe, mais cela semble simple. Bruno commence son enquête. Il parcourt Paris, parlant aux gens. "Avez-vous vu quelque chose d'inhabituel ?" demande-t-il souvent. Les gens lui donnent des indices, mais ils sont étranges et ne semblent pas liés à son cas.

En visitant un vieux quartier, Bruno trouve un graffiti mystérieux : un poing rouge. "Qu'est-ce que cela signifie ?" se demande-t-il. Sa curiosité est piquée. Il décide d'explorer cette piste.

Bruno continue à enquêter, rencontrant des personnes qui murmurent sur le Poing Rouge. "C'est un groupe secret, très mystérieux," lui dit un homme dans un café. Bruno est de plus en plus intrigué. "Je dois en savoir plus sur eux."

Il découvre que le Poing Rouge est une organisation secrète. Bruno sent que cette affaire est plus grande qu'il ne le pensait. Il décide de suivre cette piste, sachant que le danger pourrait être réel. "Je dois découvrir ce qu'ils préparent," pense Bruno, déterminé à aller jusqu'au bout.

Sa journée se termine tard. Bruno est dans son bureau, regardant les lumières de Paris par la fenêtre. "Cette ville cache tant de secrets," murmure-t-il. Il sait que demain sera une longue journée, mais il est prêt. Bruno aime son travail, et rien ne l'arrêtera.

1. affaires - cases
2. curiosité - curiosity
3. déterminé - determined
4. enquête - investigation

5.  graffiti - graffiti
6.  inquiète - worried
7.  intrigué - intrigued
8.  murmure - whisper
9.  organisation - organization
10. parlez-moi - tell me
11. piste - lead, clue
12. poing rouge - red fist
13. prêt - ready
14. quartier - neighborhood
15. secrets - secrets

## À l'Ombre du Poing Rouge

Bruno, le détective privé courageux de Paris, plonge plus profondément dans l'enquête sur le Poing Rouge. Il découvre que le groupe extrémiste a des ambitions dangereuses pour la France. "Ils veulent instaurer une dictature socialiste," murmure Bruno en examinant les graffitis rouges qu'il trouve dans les rues sombres de Paris. Ces symboles servent de repères pour les membres du groupe.

Un soir, caché dans l'ombre, Bruno écoute des conversations entre membres du Poing Rouge. "Nous avons le soutien nécessaire," dit l'un d'eux. Bruno est stupéfait d'apprendre que des politiciens, qui se montrent démocratiques en public, financent en secret le groupe. "Comment est-ce possible ?" se demande-t-il, choqué par la duplicité de ces politiciens.

Déterminé à découvrir leurs plans, Bruno sait qu'il marche sur un fil dangereux. "C'est une grande affaire, plus grande que tout ce que j'ai pu imaginer," pense-t-il. Malgré les risques, sa détermination ne fléchit pas. "Je dois savoir ce qu'ils préparent."

Bruno passe des nuits entières à suivre des pistes, rassemblant des preuves. Un jour, il décide de partager ses découvertes avec un vieil ami, Marc, qui travaille dans un journal local. "Marc, regarde ce que j'ai trouvé," dit Bruno en lui montrant les documents et photos qu'il a recueillis. Marc est abasourdi. "Bruno, c'est explosif. Tu dois faire attention."

Les deux amis discutent longuement de la meilleure façon de procéder. "Je veux aller plus loin, découvrir leurs plans complets," dit Bruno. Marc acquiesce, comprenant le danger. "Je te soutiendrai, mais sois prudent."

Bruno reprend son enquête avec une nouvelle vigueur, conscient du danger mais aussi de l'importance de sa mission. "Je ne peux pas laisser le Poing Rouge menacer notre pays," se dit-il. La nuit tombe sur Paris, et Bruno se prépare pour une autre ronde de surveillance, prêt à affronter les ombres pour révéler la vérité.

1. abasourdi - stunned
2. acquiesce - agrees
3. dangereuses - dangerous
4. détermination - determination
5. démocratiques - democratic
6. duplicité - duplicity
7. extrémiste - extremist
8. financent - finance
9. graffitis - graffiti
10. inquiète - worried
11. marche sur un fil dangereux - walks a dangerous line
12. membres - members
13. politiciens - politicians
14. prudent - cautious
15. vigueur - vigor

## Sur la Piste du Complot

Bruno, notre détective déterminé, intensifie son enquête sur le Poing Rouge. Armé de son appareil photo et d'un carnet, il suit discrètement des membres du groupe, capturant chaque indice, chaque rencontre. Il découvre finalement l'emplacement secret de leurs réunions, un vieux sous-sol dans une rue oubliée de Paris.

Un soir, Bruno se cache près de l'entrée, écoutant attentivement. À travers les murmures étouffés, il apprend l'ampleur de leurs plans. "Ils prévoient d'agir très bientôt," réalise-t-il, le cœur lourd d'inquiétude pour son pays.

Conscient qu'il ne peut affronter seul cette menace, Bruno décide de contacter un ami de longue date dans la police, Laurent. "Laurent, j'ai découvert quelque chose de grave. Nous devons agir," lui dit Bruno au téléphone. Au début, Laurent est sceptique. "Bruno, es-tu sûr de ce que tu avances ?" lui demande-t-il.

Avec sérieux, Bruno répond : "Je n'ai jamais été aussi sûr de quelque chose dans ma vie. Regarde ces preuves." Il rencontre Laurent et lui montre les photos et les notes qu'il a prises. Convaincu par l'évidence, Laurent accepte d'aider Bruno. "D'accord, Bruno. Nous allons préparer un plan."

Ensemble, ils élaborent une stratégie pour surveiller de plus près le Poing Rouge et contrecarrer leurs actions. Bruno continue ses missions de surveillance, chaque jour apportant son lot de dangers et de découvertes.

Un soir, après une longue journée de filature, Bruno et Laurent se retrouvent dans un café discret. "Nous devons être extrêmement prudents, Bruno. Ils ne doivent pas se douter que nous sommes sur eux," conseille Laurent.

Bruno hoche la tête, déterminé. "Je sais. Je ferai tout ce qui est en mon pouvoir pour protéger notre ville." Il sirote son café, les yeux fixés sur la nuit qui enveloppe Paris. L'enquête progresse, et Bruno sait que chaque pas le rapproche de la vérité, mais aussi du danger. "Pour Paris," murmure-t-il, prêt à affronter ce qui l'attend.

1. appareil photo - camera
2. carnet - notebook
3. conscient - aware
4. déterminé - determined
5. discret - discreet
6. enquête - investigation
7. filature - tailing, surveillance
8. indice - clue
9. murmures étouffés - muffled whispers

10. preuves - evidence
11. rencontre - meeting
12. sceptique - skeptical
13. sirote - sips
14. sous-sol - basement
15. stratégie - strategy

## Sous l'Emprise du Danger

La tension monte pour Bruno dans son enquête sur le Poing Rouge. Un matin, il trouve une lettre anonyme sous sa porte. "Arrête tes recherches," lit-il, le cœur serré. Bruno comprend immédiatement que le Poing Rouge le surveille de près.

Pour brouiller les pistes, Bruno commence à changer souvent d'endroit, se déplaçant d'un coin à l'autre de Paris. Il adopte même différents déguisements, se transformant tour à tour en livreur, en touriste, en vendeur ambulant.

Un jour, alors qu'il se fond dans la foule, Bruno apprend qu'une grande manifestation est prévue. Il découvre que le Poing Rouge prévoit de l'utiliser pour propager leur message extrémiste. "Ils ne peuvent pas s'emparer de cette manifestation," pense Bruno, déterminé.

Il contacte immédiatement la police. "Laurent, le Poing Rouge a l'intention de contrôler la prochaine manifestation. Nous devons agir," dit-il au téléphone. Laurent prend la nouvelle très au sérieux. "Je vais mobiliser nos forces. Merci, Bruno."

Poursuivant son enquête, Bruno infiltre des lieux de réunion clandestins et réussit à mettre la main sur des documents cruciaux. Ces papiers contiennent des noms, des plans, des dates – une mine d'or d'informations. Parmi ces noms, Bruno reconnaît ceux de politiciens connus. "C'est incroyable," murmure-t-il, "ils sont impliqués jusqu'au cou."

La découverte des documents révèle l'ampleur du complot et le danger qu'il représente non seulement pour lui mais pour toute la France. Bruno comprend qu'il doit agir rapidement pour protéger les preuves qu'il a accumulées.

Cachant soigneusement les documents dans un lieu sûr, Bruno prépare son prochain mouvement. Il sait que chaque minute compte et que la sécurité de Paris est en jeu. "Je ferai tout pour arrêter le Poing Rouge," se promet-il, sentant le poids de la responsabilité sur ses épaules.

Alors que la nuit tombe sur Paris, Bruno repense à son parcours. Malgré les menaces et le danger constant, sa détermination ne faiblit pas. Il est prêt à tout pour dévoiler la vérité et protéger sa ville bien-aimée des griffes du Poing Rouge.

1. anonyme - anonymous
2. clandestins - clandestine
3. complot - plot
4. déguisements - disguises
5. détermination - determination
6. documents - documents
7. extrémiste - extremist
8. foule - crowd
9. manifestation - demonstration, protest
10. menaces - threats
11. mobiliser - mobilize
12. papiers - papers
13. parcours - journey
14. responsabilité - responsibility
15. sécurité - security

**Au Bord du Conflit**

À l'approche de la grande manifestation, la tension dans Paris est palpable. Bruno, notre détective déterminé, travaille sans relâche, fournissant à la police des informations vitales sur le Poing Rouge. "Voici ce que j'ai recueilli ces derniers jours," dit Bruno à Laurent, lui passant des photos et des enregistrements de conversations. "C'est exactement ce dont nous avions besoin, Bruno. Merci," répond Laurent, conscient de l'importance de ces preuves.

Bruno, cependant, est tourmenté par un mauvais pressentiment. "Quelque chose de grand va se passer, je le sens," confie-t-il à Laurent. "Nous sommes prêts à intervenir à tout moment," assure Laurent, tentant de rassurer son ami.

Malgré les assurances, Bruno prépare un plan d'urgence. Il sait que si les choses tournent mal, ils doivent être prêts à agir rapidement pour protéger les citoyens. "Nous devons être prêts pour tous les scénarios," dit-il en vérifiant son équipement, s'assurant que tout est en ordre pour le lendemain.

La nuit avant la manifestation, Bruno ne trouve pas le sommeil. Les enjeux sont trop élevés. Il repasse dans sa tête chaque détail de son plan, chaque information recueillie sur le Poing Rouge. "Je dois tout faire pour que cette journée se passe sans violence," se promet-il, l'esprit tourmenté par les possibilités.

Le jour J, dès l'aube, Bruno est déjà en action. Déguisé pour passer inaperçu, il se mêle à la foule qui commence à se rassembler. Il garde un œil attentif sur les leaders du Poing Rouge, prêt à signaler le moindre mouvement suspect à Laurent. "Ils sont là, je les ai vus," murmure Bruno dans son micro, caché sous son manteau.

Les heures passent, la tension monte. Les discours commencent, et la foule devient de plus en plus dense. Bruno reste vigilant, enregistrant des conversations, rassemblant les dernières preuves nécessaires contre le Poing Rouge.

Alors que la manifestation atteint son paroxysme, Bruno reste concentré, prêt à intervenir à tout moment. "Nous pouvons arrêter cela avant qu'il ne soit trop tard," se dit-il, l'adrénaline montant.

La journée s'annonce cruciale pour l'avenir de Paris. Bruno, avec l'aide de la police, est prêt à faire face à ce qui l'attend, déterminé à protéger sa ville et ses habitants de la menace du Poing Rouge. "Pour Paris," murmure-t-il, le regard fixé sur la foule, prêt à agir.


1. adrénaline - adrenaline
2. déguisé - disguised

3.  déterminé - determined
4.  enregistrements - recordings
5.  intervenir - to intervene
6.  micro - microphone
7.  mouvement suspect - suspicious movement
8.  palpable - palpable
9.  paroxysme - climax
10. photos - photos
11. plan d'urgence - emergency plan
12. pressentiment - premonition
13. protéger - to protect
14. rassembler - to gather
15. vigilant - vigilant

## Le Jour de la Manifestation

La journée cruciale commence très tôt pour Bruno. Paris est étonnamment calme, comme si la ville retenait son souffle avant la tempête. Bruno, déguisé, se mêle à la foule qui commence à se rassembler pour la manifestation. Il scrute les visages, cherchant des signes des membres du Poing Rouge.

La police, bien que discrètement positionnée, est prête à agir. Bruno vérifie son téléphone pour communiquer avec Laurent, son ami policier. "Je suis en place," lui envoie-t-il discrètement.

Les premiers discours résonnent, captivant la foule. Bruno sent la tension monter. Soudain, il aperçoit un groupe de membres du Poing Rouge se faufilant à travers la foule. "Ils sont là," murmure-t-il, reconnaissant leurs visages masqués.

Sans perdre un instant, Bruno alerte Laurent. "Ils se préparent à agir. Soyez prêts," dit-il d'une voix urgente. La police, alertée par Bruno, se tient prête à intervenir.

Lorsque le Poing Rouge lance son action, tentant de prendre le contrôle de la manifestation, Bruno est le premier à signaler leur mouvement. "Maintenant, Laurent!" crie-t-il dans son micro.

La police intervient avec rapidité et précision, évitant que la situation ne dégénère. Des cris et de la confusion éclatent, mais

Bruno reste concentré, aidant à diriger certains manifestants loin du chaos.

Grâce à l'intervention coordonnée, la manifestation est rapidement ramenée sous contrôle. Bruno, au cœur de l'action, aide comme il peut, rassurant les gens, leur montrant où aller pour être en sécurité.

Après des moments intenses, l'ordre est restauré. Bruno retrouve Laurent, les deux amis partageant un regard de soulagement. "C'était trop près," admet Laurent. "Sans toi, cela aurait pu être bien pire."

La journée se termine sur une note de victoire discrète pour Bruno et la police. La menace du Poing Rouge a été contenue, et la manifestation s'est terminée pacifiquement. "Merci, Bruno. Tu as fait la différence aujourd'hui," dit Laurent, posant une main sur l'épaule de son ami.

Bruno regarde autour de lui, voyant Paris retrouver son calme. "Pour la ville que j'aime," murmure-t-il, prêt à affronter le prochain défi, quelle que soit la forme qu'il prendra.

1. calme - calm
2. chaos - chaos
3. coordonnée - coordinated
4. déguisé - disguised
5. dégénère - degenerate
6. discrètement - discreetly
7. éclatent - break out
8. intervention - intervention
9. manifestation - demonstration, protest
10. masqués - masked
11. mouvement - movement
12. pacifiquement - peacefully
13. positionnée - positioned
14. rassembler - to gather
15. soulagement - relief

### Le Calme après la Tempête

Après la manifestation tendue, le groupe du Poing Rouge est rapidement arrêté grâce à l'intervention efficace de la police et aux informations cruciales fournies par Bruno. Bruno se sent soulagé de voir la menace écartée mais reste vigilant, sachant que le travail n'est pas encore terminé.

La police procède à l'interrogatoire des membres du Poing Rouge, dévoilant l'étendue de leurs plans et les liens avec certains politiciens. Ces révélations choquent le public et exposent la duplicité de figures autrefois respectées. "C'est un bon début pour nettoyer notre ville," dit Laurent à Bruno, reconnaissant.

Bruno reçoit des félicitations non seulement de la police mais aussi de citoyens reconnaissants pour son rôle clé dans la défaite du Poing Rouge. "Votre courage a fait une grande différence, Bruno," lui dit un collègue.

Les preuves accumulées par Bruno sont accablantes, entraînant une perte d'influence notable pour le Poing Rouge. Le groupe, autrefois menaçant, voit son pouvoir s'effriter jour après jour.

Lors d'une rencontre avec des journalistes, Bruno parle de l'importance de la démocratie et de la vigilance citoyenne. "Nous devons tous être attentifs pour protéger nos libertés," explique-t-il, restant humble malgré l'attention médiatique.

Bruno est salué comme un héros discret, mais il ne cherche pas la gloire. Pour lui, l'important est que Paris retrouve son calme et que ses habitants puissent vivre en sécurité. "Je fais juste mon travail," dit Bruno modestement lorsqu'on lui pose des questions sur son courage.

Il continue son travail de détective, conscient que d'autres défis l'attendent. La vigilance est une nécessité constante dans une ville aussi dynamique et complexe que Paris. "On ne sait jamais ce que demain nous réserve," réfléchit Bruno, toujours prêt à affronter de nouvelles énigmes.

Bruno sait qu'après cette victoire, sa prochaine affaire n'est qu'une question de temps. Avec détermination et un sens aigu du devoir, il est prêt à plonger de nouveau dans les ombres de Paris pour dévoiler la vérité et protéger la ville qu'il aime. "Pour Paris," murmure-t-il, tournant son regard vers les rues qui l'attendent.

1.  accablantes - overwhelming
2.  citoyenne - citizen (feminine)
3.  défaite - defeat
4.  déguisé - disguised
5.  détermination - determination
6.  dynamique - dynamic
7.  efficace - effective
8.  félicitations - congratulations
9.  interrogatoire - interrogation
10. média - media
11. menace - threat
12. ombres - shadows
13. reconnaissants - grateful
14. soulagé - relieved
15. vigilance - vigilance

## Le Gardien de la Démocratie

Dans le calme de son bureau, avec une vue imprenable sur les toits de Paris, Bruno prend un moment pour réfléchir à l'affaire du Poing Rouge. Il se sent fier d'avoir joué un rôle crucial dans la protection de son pays contre une menace sérieuse. "Avoir aidé ma ville, c'est une grande fierté," pense-t-il, son regard se perdant au loin.

La complexité de l'affaire lui a révélé l'importance vitale de son travail de détective. Il a vu de près les dangers de l'extrémisme et l'impact qu'il peut avoir sur la société. "Il faut toujours rester vigilant," se dit-il.

Revenant à son quotidien, Bruno se rappelle pourquoi il a choisi cette voie. "Le monde a besoin de détectives, de personnes prêtes à chercher la vérité," murmure-t-il en observant les rues animées de Paris.

De son bureau, il se sent profondément connecté à cette ville qu'il aime tant. Chaque rue, chaque bâtiment lui raconte une histoire, et il est déterminé à continuer à protéger ses habitants. "Paris est ma maison, et je suis là pour veiller sur elle," pense Bruno avec une douce fierté.

Prêt pour de nouvelles aventures, Bruno se sent renforcé par les leçons apprises au cours de cette enquête. Il a découvert des forces en lui qu'il ne soupçonnait pas, et ces révélations le rendent plus déterminé que jamais à poursuivre sa mission.

Les documents qu'il a conservés de l'affaire du Poing Rouge sont un rappel constant de ce qu'il a accompli et de ce qui reste à faire. "Ces preuves sont le symbole de notre victoire contre l'obscurité," pense-t-il en les regardant.

Bruno espère ardemment une France plus sûre, un pays où la démocratie n'est jamais menacée. Il sait que la lutte contre les menaces n'est jamais vraiment terminée, mais il est prêt à relever le défi.

En tant que véritable protecteur de la démocratie, Bruno comprend que sa responsabilité dépasse les simples enquêtes. Il est un gardien, veillant sur la liberté et la sécurité de tous.

Alors que le soleil se couche sur Paris, Bruno se prépare pour les défis à venir. "Peu importe ce qui nous attend, je serai toujours là, prêt à défendre ce en quoi je crois," se promet-il. Avec cette détermination inébranlable, Bruno continue d'être un phare de justice dans la ville lumière.

1. affaire - case, affair
2. ardemment - eagerly
3. bureau - office
4. complexité - complexity
5. défaite - defeat
6. défi - challenge
7. déterminé - determined
8. enquête - investigation
9. extrémisme - extremism

10. imprenable - impregnable, breathtaking
11. inébranlable - unwavering
12. lumière - light
13. menace - threat
14. obscurité - darkness
15. veiller - to watch over

# Les Ombres du Paradis

## Un Paradis Troublé

La Polynésie française, avec ses îles magnifiques et tranquilles, est considérée comme un paradis sur terre. Mais sur une de ces îles, un mystère troublant se cache : des touristes disparaissent sans laisser de trace, et étrangement, personne ne semble vouloir enquêter sur ces disparitions. Les habitants de l'île affichent une indifférence qui frise le déni.

Christine, une journaliste française courageuse et déterminée, tombe sur des rumeurs de ces disparitions lors d'une conférence de presse. Intriguée et inquiète, elle décide qu'il est de son devoir de rechercher la vérité derrière ces histoires. Armée de son carnet de notes et de son appareil photo, elle s'envole pour l'île mystérieuse, prête à plonger dans ce mystère.

Dès son arrivée, Christine ressent une atmosphère étrange. L'accueil des habitants est froid ; ils esquivent ses questions et semblent vouloir garder leurs secrets. En explorant l'île, Christine trouve des affiches jaunies par le temps, toutes annonçant des personnes disparues. La nuit, des bruits inquiétants troublent son sommeil, et le jour, elle découvre des traces étranges sur la plage, comme si quelque chose ou quelqu'un avait été traîné dans la forêt.

Le sentiment d'être surveillée accroît l'anxiété de Christine, mais loin de la décourager, cela renforce sa détermination. Elle décide de continuer son enquête, convaincue qu'une histoire sombre se cache derrière la façade paradisiaque de l'île.

Un jour, en tentant d'approcher des habitants pour obtenir des informations, Christine est accueillie par des regards fuyants et des portes qui se ferment. "Pouvez-vous me dire ce qui se passe sur cette île ?" demande-t-elle à une vieille femme qui secoue la tête et murmure : "Ce n'est pas notre place de parler des ombres."

La nuit suivante, alors que Christine essaie de dormir, les bruits étranges reprennent. Armée de sa lampe torche, elle suit les sons jusqu'à la plage, où elle découvre des empreintes menant vers la forêt dense et sombre. "Quels secrets cette île cache-t-elle ?" se demande-t-elle, son cœur battant la chamade.

Déterminée à percer le mystère, Christine prépare son plan pour le lendemain. "Je trouverai la vérité," se promet-elle, ignorant qu'elle est sur le point de plonger dans une histoire bien plus sombre et complexe qu'elle ne l'imaginait.

1. anxiété - anxiety
2. approcher - to approach
3. armée - armed
4. atmosphère - atmosphere
5. chamade - racing (as in "heart racing")
6. conférence de presse - press conference
7. déni - denial
8. déterminée - determined
9. empreintes - footprints
10. esquiver - to dodge
11. fuyants - evasive
12. indifférence - indifference
13. lampe torche - flashlight
14. mystère - mystery
15. ombre - shadow

**Sur la Piste des Ombres**

Christine, déterminée à découvrir la vérité derrière les disparitions mystérieuses, commence à interroger discrètement les habitants de l'île. Certains, après avoir hésité, partagent avec elle des histoires effrayantes qui révèlent l'existence d'une légende ancienne. Selon eux, un esprit maléfique hante l'île, prenant les âmes de ceux qui s'aventurent seuls la nuit.

Intriguée et un peu effrayée, Christine trouve un vieux journal dans une petite bibliothèque locale. Les pages jaunies du journal mentionnent des disparitions similaires datant de plusieurs décennies auparavant, renforçant sa conviction que quelque chose de surnaturel pourrait être à l'œuvre.

Poussée par sa curiosité, elle explore l'île et découvre par hasard une grotte cachée au cœur de la jungle dense. À l'intérieur, les murs sont couverts de marques et de symboles étranges qui semblent raconter une histoire ancienne. Christine, réalisant l'importance de sa trouvaille, prend rapidement des photos avec son appareil photo.

Alors qu'elle s'enfonce plus profondément dans la grotte, elle entend soudain des pas derrière elle. La peur s'empare d'elle, et, paniquée, elle s'enfuit de la grotte, son cœur battant la chamade.

Plus tard, alors qu'elle tente de faire le point sur ses découvertes, Christine rencontre un vieux sage du village, un homme qui semble connaître les secrets les plus sombres de l'île. Le sage, après avoir écouté attentivement Christine, lui parle du "Gardien de l'île", une entité mystérieuse censée protéger l'île contre les intrus. "Fais attention, jeune fille," l'avertit-il, "le Gardien ne prend pas à la légère ceux qui fouillent dans les secrets de l'île."

Encouragée mais également alarmée par cet avertissement, Christine décide qu'elle doit en savoir plus sur ce Gardien de l'île. Elle est convaincue que c'est la clé pour comprendre les disparitions et, peut-être, pour mettre fin à la malédiction qui pèse sur l'île.

Avec un mélange de détermination et d'appréhension, Christine planifie ses prochaines étapes. "Je dois découvrir qui ou quoi est ce Gardien," se promet-elle, consciente que sa quête pour la vérité la mène vers des eaux de plus en plus troubles.


1. appréhension - apprehension
2. armée - armed
3. chamade - racing (heart racing)
4. curiosité - curiosity
5. détermination - determination
6. disparitions - disappearances
7. effrayantes - frightening
8. entité - entity
9. esprit - spirit
10. grotte - cave

11. intriguée - intrigued
12. jungle - jungle
13. légende - legend
14. maléfique - evil
15. surnaturel - supernatural


## Les Secrets du Gardien

Christine, déterminée à percer le mystère du Gardien de l'île, plonge plus profondément dans ses recherches. Elle parcourt d'anciens documents et trouve des récits de rituels qui étaient censés protéger l'île contre les malheurs. Ces rituels, apprend-elle, invoquaient le Gardien, une entité veillant sur l'île depuis des siècles.

Un jour, en explorant une partie reculée de la forêt, Christine découvre un ancien autel caché parmi les arbres. L'autel est orné de fleurs fraîches et de symboles mystérieux, preuve que les rituels mentionnés dans les récits continuent d'être pratiqués.

Poussée par une curiosité mêlée de crainte, Christine décide de suivre discrètement un groupe d'habitants qui semble se diriger vers cet autel après le coucher du soleil. Cachée derrière les arbres, elle assiste à une cérémonie qui la glace d'effroi. Les habitants, rassemblés autour de l'autel, semblent communiquer avec une entité que Christine ne peut voir. Des cris lointains, presque inhumains, résonnent à travers la nuit, faisant frissonner Christine jusqu'à l'os.

Terrifiée par ce qu'elle vient de voir, Christine retourne précipitamment à son abri. Le lendemain, elle retourne sur les lieux du rituel et découvre, à proximité de l'autel, des objets personnels appartenant aux personnes disparues. Cette découverte macabre lui fait réaliser que le Gardien et les rituels sont intimement liés aux disparitions mystérieuses.

Convaincue que le monde doit connaître la vérité sur ces événements terrifiants, Christine prend la décision courageuse de révéler tout ce qu'elle a appris. « Je ne peux pas laisser cela continuer, » se dit-elle, déterminée à mettre fin à cette horreur.

Elle rassemble ses notes, ses photos et les preuves qu'elle a pu collecter, prête à affronter les conséquences de ses révélations. « Qu'importe le danger, la vérité doit être connue, » murmure-t-elle, résolue à briser le silence qui entoure le Gardien de l'île et à libérer les habitants de l'île de cette emprise ancienne et maléfique.

1. Autel - Altar
2. Cérémonie - Ceremony
3. Crainte - Fear
4. Découverte - Discovery
5. Emprise - Grip
6. Entité - Entity
7. Frissonner - Shiver
8. Malheurs - Misfortunes
9. Mystérieux - Mysterious
10. Percer - Unravel
11. Précipitamment - Hastily
12. Récits - Accounts
13. Rituels - Rituals
14. Terrifiée - Terrified
15. Veillant - Watching over

### Face à l'Inavouable

Christine, résolue à révéler la vérité derrière les disparitions mystérieuses, travaille jour et nuit pour préparer un article détaillé. Avec soin, elle envoie les preuves qu'elle a accumulées à son journal en France, espérant que sa voix sera entendue.

Mais sur l'île, l'atmosphère change. Les habitants, qui l'accueillaient avec indifférence, commencent maintenant à la regarder avec méfiance. Christine sent que le danger se rapproche, une sensation qui se confirme lorsqu'elle reçoit des menaces anonymes. « Quitte l'île, » disent les messages, « ou tu seras la prochaine. » La tension est palpable dans l'air, lourde de secrets et de peur.

Malgré le danger, Christine est déterminée à terminer son enquête. Elle décide de confronter le chef du village, un homme respecté mais énigmatique, pour obtenir des réponses. « Pourquoi ces personnes disparaissent-elles ? » demande-t-elle avec audace.

Le chef, après un long silence, admet finalement que le Gardien est réel et qu'il protège l'île depuis des générations. « Les disparitions, » confesse-t-il avec gravité, « sont des sacrifices nécessaires pour maintenir la paix avec le Gardien. » Christine est horrifiée par cette révélation, ses mains tremblant alors qu'elle enregistre secrètement leur conversation.

« Tu ne comprends pas les forces à l'œuvre ici, » lui dit le chef, son regard sombre. « Pars avant qu'il ne soit trop tard pour toi. » Ces mots résonnent dans l'esprit de Christine comme un avertissement sinistre.

Consciente que sa présence sur l'île devient de plus en plus dangereuse, Christine planifie son départ urgent. Elle sait qu'elle doit agir vite pour échapper à ceux qui souhaitent la réduire au silence. « Je vais révéler ce secret au monde, » se promet-elle, sa détermination renforcée par les dangers qu'elle affronte.

Dans les heures sombres avant l'aube, Christine prépare discrètement ses affaires, prête à quitter ce paradis devenu prison. Alors qu'elle se dirige vers le port, son cœur bat à tout rompre, consciente que chaque pas la rapproche de la liberté et de la possibilité de partager son histoire avec le monde. « La vérité doit être connue, » murmure-t-elle, alors qu'elle s'avance vers le bateau qui l'emmènera loin de l'île et de ses sombres secrets.

1. Accueillaient - Welcomed
2. Anonymes - Anonymous
3. Audace - Boldness
4. Consciente - Aware
5. Énigmatique - Enigmatic
6. Horrifiée - Horrified
7. Indifférence - Indifference
8. Menaces - Threats

9.   Méfiance - Distrust
10. Palpable - Palpable
11. Rapproche - Approaches
12. Réduire - Silence
13. Révéler - Reveal
14. Sacrifices - Sacrifices
15. Tremblant - Trembling

### Vers la Lumière de la Vérité

Dans le silence de la nuit, Christine prépare ses affaires avec une discrétion absolue. Son cœur bat la chamade alors qu'elle se faufile hors de sa cachette, se dirigeant vers le port sous le voile de l'obscurité. À chaque bruit, chaque ombre, elle sursaute, craignant d'être suivie.

Et en effet, alors qu'elle s'approche du port, le bruit de pas précipités derrière elle la fait accélérer. Christine court de toutes ses forces, poussée par l'adrénaline, en direction du bateau qui l'attend. Par miracle, elle parvient à monter à bord, échappant de justesse à ceux qui cherchent à l'empêcher de fuir.

Une fois en sécurité, le bateau s'éloignant de l'île, Christine respire enfin. Elle sort son ordinateur portable et, avec une détermination renouvelée, envoie son article détaillé à son journal en France. L'article, une fois publié, devient rapidement viral, attirant l'attention du monde entier sur le secret sombre de l'île.

Les autorités, alertées par le récit choquant de Christine, lancent une enquête approfondie. Les habitants de l'île, autrefois silencieux, sont maintenant interrogés, leurs récits ajoutant de la crédibilité aux découvertes de Christine.

Partout, Christine est acclamée pour son courage et sa ténacité. Les messages de soutien affluent, venant de personnes touchées par son histoire, reconnaissantes qu'elle ait mis en lumière une vérité si longtemps cachée.

Grâce à l'enquête qui suit la publication de son article, les mystérieuses disparitions cessent enfin. L'île, autrefois un paradis troublé, commence à guérir de ses anciennes blessures, et les habitants peuvent enfin envisager un avenir sans peur.

Inspirée par son aventure et encouragée par le soutien reçu, Christine décide de publier un livre détaillant son enquête sur l'île, devenant ainsi une voix pour ceux qui ont disparu et révélant les dangers cachés derrière certains des plus beaux paradis de la terre.

Christine, à travers son travail acharné et sa détermination, est devenue bien plus qu'une journaliste ; elle est devenue une gardienne de la vérité, une lumière guidant le monde à travers les ténèbres des secrets non dits. Son histoire, un témoignage de courage et de persévérance, continue d'inspirer et de rappeler à tous l'importance de chercher la vérité, peu importe les risques.

1. Absolue - Absolute
2. Acharné - Hardworking
3. Acclamée - Acclaimed
4. Adrénaline - Adrenaline
5. Autorités - Authorities
6. Chamade - Racing
7. Discrétion - Discretion
8. Enquête - Investigation
9. Fuir - Flee
10. Interrogés - Questioned
11. Obscurité - Darkness
12. Paradis - Paradise
13. Publier - Publish
14. Sursaute - Startles
15. Ténacité - Tenacity

# Les Secrets Enfouis d'Ahaggar

## Le Mystère des Montagnes Ahaggar

Les montagnes Ahaggar, imposantes et mystérieuses, se dressent au cœur du Sahara, éloignées de la civilisation. Elles cachent en leur sein une région que tous évitent, un lieu que ni les conquérants arabes ni les colonialistes français n'ont jamais osé explorer. Une légende ancienne, datant de l'époque des Carthaginois fuyant l'avancée des Romains, murmure l'existence d'un trésor caché ou d'une terrible malédiction.

Thomas, un archéologue français intrépide et passionné par les mystères du passé, entend parler de cette légende et décide qu'il est temps de lever le voile sur ce secret. Fasciné par l'idée de découvrir quelque chose d'unique, Thomas prépare minutieusement son expédition vers l'Ahaggar.

Avant de partir, Thomas recueille des récits auprès des tribus locales. Malgré les nombreux avertissements et les histoires effrayantes qu'on lui raconte, son désir de découvrir la vérité l'emporte sur toute hésitation. « Vous devez faire attention, l'Ahaggar n'est pas un lieu pour les curieux, » lui conseille un ancien de la tribu. Mais Thomas, déterminé, répond simplement : « C'est justement ce mystère qui m'appelle. »

Dans ses préparatifs, Thomas tombe sur une vieille carte marquée d'une croix indiquant l'entrée interdite, un passage que les légendes disent maudit. « C'est là que nous devons aller, » dit Thomas à son équipe, un mélange d'excitation et d'appréhension dans la voix.

Le jour du départ arrive enfin. Thomas et son équipe, équipés pour affronter les défis du désert, se dirigent vers les montagnes Ahaggar. « Ce que nous allons découvrir pourrait changer notre compréhension de l'histoire, » explique Thomas, les yeux brillants d'anticipation.

Alors que l'expédition avance, les montagnes Ahaggar se révèlent dans toute leur splendeur intimidante. Le paysage est à couper le souffle, mais l'atmosphère qui règne autour de la région interdite est étrangement oppressante. Thomas et son équipe installent un camp de base, prêts à commencer leur exploration dès l'aube.

La première nuit, alors que le camp est plongé dans un silence presque surnaturel, des bruits mystérieux troublent le sommeil de l'équipe. « Avez-vous entendu cela ? » murmure un membre de l'équipe, inquiet. Thomas, bien qu'inquiet lui aussi, se veut rassurant : « Ce sont probablement juste des bruits de la nuit dans le désert. »

Mais au fond de lui, Thomas sait que leur quête les mène vers l'inconnu, et il ne peut s'empêcher de se demander ce que les montagnes Ahaggar leur réservent. Avec une détermination renouvelée, il se promet de percer le mystère des montagnes Ahaggar, quelles que soient les révélations ou les dangers qui les attendent.

1. Ancienne - Ancient
2. Archéologue - Archaeologist
3. Avertissements - Warnings
4. Camp de base - Base camp
5. Conquérants - Conquerors
6. Détermination - Determination
7. Effrayantes - Frightening
8. Éloignées - Remote
9. Expédition - Expedition
10. Intrépide - Fearless
11. Légende - Legend
12. Minutieusement - Meticulously
13. Oppressante - Oppressive
14. Révélations - Revelations
15. Splendeur - Splendor

**L'Entrée Interdite**

Thomas et son équipe, après des jours de voyage, atteignent enfin les montagnes Ahaggar. Le paysage, impressionnant et sauvage, leur coupe le souffle. « Regardez ces couleurs, ces formes... C'est incroyable, mais tellement intimidant, » dit Thomas, son regard balayant l'horizon.

Grâce à la vieille carte trouvée lors des préparatifs, ils localisent une entrée cachée, marquée par des signes anciens gravés sur les roches. « Ces symboles, ils doivent être carthaginois, » murmure Thomas, fasciné. Une atmosphère étrange enveloppe le lieu, faisant frissonner l'équipe malgré la chaleur du désert.

Ils installent un camp de base non loin de l'entrée cachée. La première nuit, le silence du désert est rompu par des bruits mystérieux. « Vous avez entendu ça ? On dirait que quelque chose... ou quelqu'un... est là dehors, » dit l'un des membres de l'équipe, une pointe d'inquiétude dans la voix.

Le lendemain, Thomas découvre des artefacts carthaginois éparpillés près de l'entrée. « Ces objets... Ils pourraient nous indiquer le chemin vers le cœur du mystère, » s'exclame-t-il, examinant un fragment de poterie orné de symboles.

L'équipe repère un passage étroit entre les rochers, à peine visible sous le soleil ardent. « On dirait que c'est notre porte d'entrée, » décide Thomas, déterminé. Ils conviennent d'explorer ce passage le lendemain, après s'être préparés pour les défis à venir.

Mais alors que le soleil commence à décliner, une tempête de sable se lève soudainement, enveloppant tout dans un voile de sable et de vent. « Protégez-vous ! Trouvez un abri ! » crie Thomas, guidant son équipe vers la sécurité relative de leurs tentes.

Quand la tempête se calme, une découverte surprenante les attend : la force du vent a révélé des inscriptions anciennes, cachées jusqu'alors sous le sable. « Ces inscriptions... Elles pourraient être la clé ! » s'exclame Thomas, éclairant les signes gravés avec sa lampe torche.

« C'est un message, ou un avertissement, » dit-il, traduisant les symboles pour son équipe. Les inscriptions parlent d'une cité perdue et d'une malédiction, ajoutant une couche de mystère à leur quête.

L'équipe, bien que partagée entre l'excitation de la découverte et l'appréhension de ce que ces inscriptions signifient, est plus déterminée que jamais à poursuivre. « Quoi qu'il en coûte, nous devons découvrir ce que cache l'Ahaggar, » conclut Thomas, son regard fixé sur l'obscurité qui enveloppe les montagnes.

Ainsi, malgré les dangers et les avertissements, l'expédition de Thomas dans les montagnes Ahaggar ne fait que commencer.

1. Artefacts - Artifacts
2. Atmosphère - Atmosphere
3. Camp de base - Base camp
4. Carthaginois - Carthaginian
5. Découverte - Discovery
6. Éparpillés - Scattered
7. Frissonner - Shiver
8. Impressionnant - Impressive
9. Inscriptions - Inscriptions
10. Intimidant - Intimidating
11. Malédiction - Curse
12. Mystérieux - Mysterious
13. Passage étroit - Narrow passage
14. Poterie - Pottery
15. Tempête de sable - Sandstorm

## Le Secret des Carthaginois

Après la tempête, le camp de Thomas et de son équipe est enveloppé dans une atmosphère de mystère renouvelé. Les inscriptions anciennes révélées par le vent sont maintenant clairement visibles, invitant à l'exploration. Thomas, fasciné, se penche sur les symboles gravés dans la pierre. « Regardez, ces inscriptions parlent d'une cité perdue et d'une malédiction, » explique-t-il à son équipe, traduisant les textes avec soin.

L'équipe écoute, partagée entre la peur des dangers potentiels et la fascination pour le mystère qu'ils sont sur le point de dévoiler. Malgré leurs appréhensions, ils décident de suivre les instructions des inscriptions, espérant découvrir la vérité cachée derrière ces mots anciens.

Le chemin vers la cité perdue est semé d'embûches. Des rochers escarpés, des ravins profonds et une végétation dense rendent leur progression difficile. « Ces obstacles naturels, c'est comme si la montagne elle-même cherchait à nous éloigner, » murmure l'un des membres de l'équipe.

Au cours de leur exploration, ils tombent sur des structures partiellement enterrées par le sable et le temps. « Ces bâtiments, ils doivent être les gardiens de l'entrée vers la cité perdue, » suggère Thomas, observant les ruines avec intérêt.

La nuit venue, des cris d'animaux sauvages brisent le silence du désert, ajoutant une touche inquiétante à leur aventure. Mais c'est la découverte d'un artefact, orné de symboles carthaginois et caché parmi les ruines, qui marque un tournant dans leur quête. « Cet objet, il pourrait être la clé ! » s'exclame Thomas, actionnant le mécanisme secret qu'il révèle.

Soudain, une entrée jusqu'alors dissimulée s'ouvre, révélant un réseau de tunnels souterrains. Avec prudence, l'équipe s'engage dans ces passages oubliés, éclairés seulement par leurs lampes torches.

Au fur et à mesure qu'ils avancent, ils découvrent des peintures murales racontant l'histoire des Carthaginois, de leur fuite devant les Romains à leur installation dans ces montagnes. « Ces images, elles racontent leur histoire, leur espoir, leur désespoir, » commente Thomas, ému par ces témoignages du passé.

Les tunnels, creusés profondément dans la montagne, semblent les mener vers le cœur même de l'Ahaggar, vers des secrets enfouis depuis des millénaires. Avec chaque pas, l'équipe se rapproche de la vérité sur la cité perdue et sa malédiction, consciente des dangers mais poussée par un désir irrépressible de découvrir ce qui a été perdu dans le sable du temps.

1. Atmosphère - Atmosphere

2. Cité - City
3. Découverte - Discovery
4. Embu ches - Obstacles
5. Enveloppé - Enveloped
6. Escarpés - Steep
7. Fascination - Fascination
8. Inscriptions - Inscriptions
9. Malédiction - Curse
10. Mystère - Mystery
11. Peintures murales - Murals
12. Ravins - Ravines
13. Souterrains - Underground
14. Tunnels - Tunnels

**Le Secret de la Cité Carthaginoise**

Après avoir parcouru les tunnels mystérieux, Thomas et son équipe émergent dans une immense caverne. À leur grande surprise, au centre se trouve une cité carthaginoise incroyablement préservée. « C'est incroyable ! Regardez, tout est resté intact ! » s'exclame Thomas, les yeux écarquillés devant la beauté de la découverte.

La cité semble avoir été abandonnée dans la précipitation. Les rues sont silencieuses, les maisons ouvertes, et des objets du quotidien jonchent le sol, comme si leurs propriétaires étaient partis en un instant. L'équipe, touchée par le spectacle, explore la cité avec un profond respect pour ses anciens habitants.

Dans leurs explorations, ils trouvent un temple majestueux, ses offrandes encore intactes sur l'autel. « Ces inscriptions... elles mettent en garde contre une malédiction, » lit Thomas, fronçant les sourcils devant les gravures.

Malgré les avertissements, la détermination de Thomas à découvrir le secret de cette malédiction ne faiblit pas. Ses recherches le mènent à des écrits cachés dans le temple, parlant d'un trésor sacré au cœur de la cité, potentiellement la source de la malédiction elle-même.

Comme la nuit tombe rapidement, l'équipe décide de rester et de camper au sein de la cité. Le sommeil est cependant difficile à trouver, des bruits étranges et inexpliqués résonnant à travers les ruelles vides.

Cette nuit-là, Thomas est tourmenté par des visions d'habitants de la cité fuyant quelque chose d'invisible et terrifiant, une menace qui semble toujours présente. « Qu'est-ce qui a bien pu les faire partir si soudainement ? » murmure-t-il dans l'obscurité.

Le lendemain matin, l'équipe découvre avec horreur qu'un de leurs membres a disparu sans laisser de trace. La panique s'installe, et la réalité de leur situation devient impossible à ignorer. « Nous devons le retrouver, et vite, » dit Thomas, son inquiétude palpable.

Malgré le danger qui plane, Thomas et son équipe savent qu'ils doivent continuer. La découverte de la cité perdue et ses secrets cachés est trop importante pour être abandonnée. Armés de leur courage et de leur détermination, ils se préparent à affronter les mystères de la cité carthaginoise, prêts à révéler son histoire oubliée et à démêler la vérité derrière la malédiction qui la garde.

1. Abandonnée - Abandoned
2. Cachés - Hidden
3. Camping - Camping
4. Caverne - Cavern
5. Détermination - Determination
6. Écarquillés - Wide-eyed
7. Explorations - Explorations
8. Gravures - Engravings
9. Jonchent - Litter
10. Majestueux - Majestic
11. Malédiction - Curse
12. Mystérieux - Mysterious
13. Offrandes - Offerings
14. Panique - Panic
15. Précipitation - Haste

## Le Réveil de la Malédiction

Après la disparition mystérieuse d'un de leurs membres, la panique s'empare de l'équipe de Thomas. « Nous ne pouvons pas abandonner maintenant, » insiste Thomas, malgré l'atmosphère de peur qui s'est installée. « Il faut découvrir la vérité derrière cette malédiction. »

Poussés par la détermination de Thomas, ils découvrent une salle du trésor cachée derrière le temple, recelant des richesses incroyables mais baignées d'une atmosphère sombre et menaçante. Les statues entourant le trésor portent des expressions de terreur, comme si elles avaient été témoins d'horreurs indicibles.

« Regardez ces statues, leur peur semble presque réelle, » murmure un membre de l'équipe, frissonnant. Thomas, observant attentivement le trésor, réalise que la malédiction est intimement liée à ces richesses. Des sons de pleurs et des supplications semblent émaner des murs eux-mêmes, renforçant la terreur qui s'est emparée du groupe.

Dans leur exploration, ils trouvent des journaux laissés par les derniers habitants carthaginois de la cité. Ces écrits révèlent une lutte désespérée contre une entité maléfique, confirmant les pires craintes de Thomas. « La malédiction... Elle protège le trésor, » conclut-il, comprenant enfin la nature de la menace qui pèse sur eux.

Face à cette révélation, l'équipe prend la difficile décision de laisser le trésor derrière eux et de tenter de quitter la cité. Mais alors qu'ils s'enfuient, des ombres menaçantes se lancent à leur poursuite à travers les tunnels, comme si la malédiction refusait de les laisser partir.

Avec peine et au prix d'efforts surhumains, ils parviennent à échapper aux ténèbres qui les traquaient, sortant des tunnels juste avant que l'entrée ne se referme brutalement derrière eux, scellant la cité et ses secrets une fois pour toutes.

Haletant, le cœur battant, Thomas regarde l'entrée désormais scellée. « Nous ne devons jamais permettre à quiconque de rouvrir cette porte, » jure-t-il, conscient que certains secrets sont trop dangereux pour être dévoilés.

Alors que l'équipe se prépare à quitter les montagnes Ahaggar, le soulagement de s'être échappés se mêle à la tristesse pour leur camarade perdu et à la prise de conscience du poids des secrets qu'ils emportent avec eux. Thomas sait que cette aventure restera gravée dans leur mémoire, un rappel permanent que la curiosité peut parfois mener à des vérités terrifiantes.

1. Atmosphère - Atmosphere
2. Cachée - Hidden
3. Camarade - Comrade
4. Curiosité - Curiosity
5. Détermination - Determination
6. Échapper - Escape
7. Entité - Entity
8. Horreurs - Horrors
9. Indicibles - Unspeakable
10. Maléfique - Evil
11. Menace - Threat
12. Mençantes - Threatening
13. Panique - Panic
14. Sombre - Dark
15. Ténèbres - Darkness

**Les Ombres du Retour**

Après leur échappée terrifiante de la cité perdue, Thomas et son équipe retournent au camp de base, le corps et l'esprit épuisés par les épreuves qu'ils ont endurées. Le silence entre eux est lourd, chacun perdu dans ses pensées, hanté par les souvenirs de ce qu'ils ont vu et vécu sous les montagnes Ahaggar.

« Personne ne va croire notre histoire, » murmure Thomas en documentant leurs découvertes. Il regarde ses notes, se demandant comment partager leur aventure sans révéler les dangers qu'ils ont affrontés.

Le moment est venu de quitter l'Ahaggar. Mais leur départ est accueilli avec méfiance par les tribus locales, leurs regards chargés de questions non posées. « Ils savent, » pense Thomas, sentant le poids de la malédiction qui semble les suivre même loin de la cité cachée.

Sur le chemin du retour, des difficultés inexplicables surviennent : leur équipement tombe soudainement en panne, et des maladies frappent certains membres de l'équipe, comme si la malédiction refusait de les laisser partir sans conséquences.

« Le secret de la cité doit rester caché, » se résout Thomas, réalisant que révéler la vérité pourrait attirer d'autres vers leur perte. Lorsqu'ils atteignent enfin la civilisation, le soulagement de la sécurité retrouvée se mêle à un sentiment de perte irréversible. Ils ont changé, transformés à jamais par leur expérience.

Thomas décide de publier un rapport sur leur expédition, mais choisit soigneusement ses mots pour omettre les détails les plus sombres de leur aventure. Le monde célèbre leur découverte comme un triomphe, ignorant les périls qui se cachent derrière leur succès.

Des offres affluent, proposant à Thomas de retourner explorer l'Ahaggar, mais il les refuse toutes. « Nous avons été assez chanceux pour en revenir une fois, » dit-il à son équipe. « Ce qui est caché là-bas doit rester inconnu. »

Thomas garde le secret de la cité perdue, une lourde responsabilité qu'il porte désormais pour protéger le monde des dangers enfouis dans les profondeurs de l'Ahaggar. « Certains mystères sont mieux laissés non résolus, » conclut-il, regardant l'horizon, conscient que la malédiction de la cité restera à jamais leur fardeau à porter.


1. Accueilli - Greeted
2. Aventure - Adventure
3. Chargés - Loaded
4. Civilisation - Civilization
5. Documentant - Documenting

6.  Échappée - Escape
7.  Épuisés - Exhausted
8.  Épreuves - Trials
9.  Expédition - Expedition
10. Hanté - Haunted
11. Inexplicables - Inexplicable
12. Méfiance - Distrust
13. Panique - Panic
14. Périls - Perils
15. Transformés - Transformed

# Les Échos du Silence

## La Station Déserte

M. Charpentier, habitué à la routine du métro parisien, descend un jour à son arrêt habituel. Mais ce jour-là, quelque chose d'inhabituel attire son attention dès que le train repart : un silence inhabituel envahit la station. L'endroit, qui grouille habituellement de vie, est complètement désert.

Un frisson d'appréhension traverse M. Charpentier. « C'est étrange, » murmure-t-il, ses pas résonnant anormalement dans la station vide. Il avance vers la sortie, son cœur battant un peu plus fort à chaque pas. Les affiches publicitaires, témoins muets de son passage, semblent presque le suivre du regard.

« Bonjour ? Il y a quelqu'un ? » appelle M. Charpentier, sa voix se perdant dans le silence. Les escaliers roulants, d'ordinaire en mouvement constant, sont immobiles, ajoutant à l'atmosphère surréelle.

Arrivé à la surface, M. Charpentier espère retrouver la foule habituelle, mais les rues de Paris sont désertes. Aucune voiture, aucun passant. Seul un vent froid anime les avenues vides. « Mais que s'est-il passé ? » se demande-t-il, une inquiétude grandissante dans la voix.

M. Charpentier commence à marcher, ses pas résonnant dans le vide de la ville. « C'est comme dans un rêve... Ou un cauchemar, » pense-t-il, cherchant désespérément une explication à ce phénomène inexplicable.

La solitude et le silence l'entourant deviennent presque palpables, et M. Charpentier se demande s'il est victime d'une hallucination ou si, d'une manière ou d'une autre, il s'est retrouvé isolé du reste du monde. « Dois-je être effrayé ? » se demande-t-il, son esprit luttant pour comprendre la situation.

Malgré son incertitude, M. Charpentier décide de continuer à explorer Paris, espérant trouver des réponses ou au moins une présence humaine. « Je dois découvrir ce qui se passe, » se résout-il, sa détermination le poussant à affronter le mystère de cette ville silencieuse.

1. Affiches - Posters
2. Anormalement - Abnormally
3. Appréhension - Apprehension
4. Atmosphère - Atmosphere
5. Avenues - Avenues
6. Cauchemar - Nightmare
7. Détermination - Determination
8. Effrayé - Frightened
9. Escaliers roulants - Escalators
10. Expliquer - Explain
11. Frémissement - Shiver
12. Hallucination - Hallucination
13. Inexplicable - Inexplicable
14. Isolé - Isolated
15. Palpable - Palpable

### La Ville Silencieuse

M. Charpentier continue son chemin à travers les rues silencieuses de Paris, une ville qui lui est si familière et pourtant méconnaissable dans son silence. Tous les magasins et les cafés, d'habitude si animés, sont fermés, leurs vitrines sombres ne reflétant que son image solitaire.

Regardant vers les appartements au-dessus, il cherche une quelconque trace de vie. Mais aucune lumière ne perce l'obscurité derrière les fenêtres. « Il y a quelqu'un ? » crie-t-il, mais sa voix se perd dans le vide, sans écho pour lui répondre.

M. Charpentier sort son téléphone, espérant y trouver des nouvelles ou un indice expliquant la situation. Mais l'écran affiche seulement « Aucun service », comme si l'appareil avait été coupé du monde. « C'est impossible, » murmure-t-il, un sentiment d'isolement l'envahissant.

Espérant trouver des âmes dans des lieux habituellement bondés, il se dirige vers la Seine. Mais la rivière coule tranquillement, indifférente à l'absence de vie autour d'elle. Seuls quelques oiseaux volent au-dessus de l'eau, les seuls signes de vie dans cette étrange solitude.

« D'accord, la Tour Eiffel. Il doit y avoir quelqu'un là-bas, » se dit M. Charpentier, espérant contre toute attente. Mais lorsqu'il atteint le monument emblématique, il le trouve tout aussi abandonné que le reste de la ville. La grande dame de fer se dresse, solitaire, dans le silence.

Le sentiment d'isolement de M. Charpentier s'intensifie à mesure qu'il parcourt les rues vides. « Est-ce qu'un événement cataclysmique a eu lieu ? Suis-je le seul survivant ? » se demande-t-il, l'incompréhension et la peur commençant à s'emparer de lui.

Alors que la nuit tombe, enveloppant Paris dans une obscurité encore plus inquiétante, M. Charpentier se rend compte qu'il doit trouver un abri. « Je dois rester rationnel, » se persuade-t-il, bien que son cœur batte la chamade face à l'inconnu.

Tandis qu'il cherche un lieu sûr pour passer la nuit, M. Charpentier réfléchit à sa prochaine action. « Demain, je chercherai des réponses. Il doit y avoir une explication, » se promet-il, même si une partie de lui doute de trouver une quelconque raison à cette situation irréelle.

La ville silencieuse l'entoure, un mystère à résoudre, un défi à relever. Mais pour cette nuit, il doit simplement survivre, espérant que le lendemain apportera des réponses à ses nombreuses questions.


1. Abri - Shelter
2. Cataclysmique - Cataclysmic
3. Chamade - Racing (Heart)
4. Écho - Echo
5. Emblématique - Emblematic
6. Enveloppant - Enveloping

7.  Espérant - Hoping
8.  Indifférente - Indifferent
9.  Inquiétante - Disturbing
10. Isolement - Isolation
11. Méconnaissable - Unrecognizable
12. Rationnel - Rational
13. Réfléchit - Reflects
14. Survivant - Survivor
15. Vitrines - Windows

## En Quête de Clarté

Au lever du soleil, M. Charpentier se lance dans une quête désespérée de réponses. Il commence par un kiosque à journaux dont la porte est étrangement ouverte. À l'intérieur, les journaux, tous datés de la veille, ne mentionnent aucune catastrophe ni événement hors du commun. « Comment est-ce possible ? » se demande-t-il, perplexe.

Espérant trouver des indices ou quelqu'un qui pourrait l'aider, il se dirige vers la station de police la plus proche. Mais là encore, il est accueilli par le vide. Les bureaux sont déserts, avec seulement des dossiers éparpillés sur le sol comme témoins silencieux de l'activité humaine. Une radio grésille dans un coin, mais aucune voix ne vient briser le silence oppressant.

Le désespoir s'empare peu à peu de M. Charpentier. « Il doit y avoir quelqu'un, quelque part, » murmure-t-il, refusant de se laisser submerger par la peur. Il retourne dans le métro, le cœur lourd, espérant avoir manqué un indice lors de sa première visite.

Mais le métro reste silencieux, les trains immobiles comme figés dans le temps. M. Charpentier parcourt différentes stations, mais toutes sont désertes, renforçant son sentiment d'isolement.

C'est alors qu'il trouve un journal intime abandonné sur un banc. Curieux, il le feuillette et découvre des récits de rêves étranges, semblant être partagés par toute la ville. La dernière entrée parle d'une peur grandissante, sans préciser sa cause. « Est-ce que ces rêves ont un lien avec la disparition de tous ? » se demande-t-il, intrigué.

M. Charpentier, armé de ce nouveau mystère, décide de pousser plus loin ses recherches. « Il doit y avoir une explication. Ces rêves, cette disparition... tout est connecté, » conclut-il, déterminé à trouver la clarté dans cette situation obscure.

Avec le journal intime comme seul indice, M. Charpentier traverse la ville silencieuse, chaque pas le rapprochant, il l'espère, de la vérité. La recherche de réponses devient son unique obsession, un fil d'Ariane dans le labyrinthe de rues désertes de Paris. « Je trouverai des réponses, » se promet-il, alors que le soleil commence à décliner, plongeant la ville dans une nouvelle nuit d'incertitudes.

1. Accueilli - Greeted
2. Clarté - Clarity
3. Curieux - Curious
4. Déserts - Deserted
5. Désespoir - Despair
6. Dossiers - Files
7. Étrangement - Strangely
8. Feuillette - Flips through
9. Grésille - Crackles
10. Indices - Clues
11. Isolement - Isolation
12. Kiosque - Kiosk
13. Mystère - Mystery
14. Obscure - Obscure
15. Perplexe - Puzzled

## Échos dans le Silence

Alors que la nuit enveloppe Paris d'une obscurité dense, M. Charpentier se trouve sans refuge, errant dans les rues désertes. Soudain, il perçoit des bruits étranges, semblables à des pas derrière lui. Il se retourne rapidement, mais il n'y a personne. Les ombres projetées par les réverbères dansent de façon étrange, comme animées par une vie propre.

Cherchant un abri, M. Charpentier aperçoit une église dont les portes sont étonnamment ouvertes. Il y pénètre et découvre des bougies allumées, leur lueur vacillante suggérant la présence récente de quelqu'un. « Qui pourrait bien être ici ? » se demande-t-il, tout en s'installant sur un banc pour passer la nuit.

Malgré la fatigue, le sommeil ne vient pas. Des voix semblent murmurer dans les coins sombres de l'église, bien qu'il soit certain d'être seul. Au lever du soleil, M. Charpentier quitte l'église, plus déterminé que jamais à trouver des réponses.

Les ombres et les bruits de la nuit lui apparaissent maintenant comme des indices, des morceaux d'un puzzle qu'il doit assembler. Il décide de retourner chez lui, espérant y trouver des indices sur ce qui s'est passé.

Sa maison est exactement comme il l'a laissée, mais enveloppée dans un silence oppressant. Sur une étagère, il trouve une photo de lui avec des amis, se demandant où ils ont bien pu aller. En passant devant un miroir, il s'arrête net. Son reflet est là, mais il semble étrangement flou, presque irréel.

M. Charpentier frissonne, une sensation de froid le traversant. « Qu'est-ce qui m'arrive ? » se demande-t-il, sa voix se brisant dans le silence de la maison. Soudain, des murmures se font entendre, provenant du salon. Avec prudence, il avance vers la source du bruit.

« Qui est là ? » crie-t-il, mais aucune réponse ne lui parvient, seulement le son de sa propre voix qui résonne dans les pièces vides. Ces murmures, ces ombres, ce reflet flou... M. Charpentier réalise que les réponses qu'il cherche sont peut-être liées à quelque chose de bien plus profond et personnel qu'il ne l'aurait jamais imaginé.

Résolu à découvrir la vérité, il s'assoit au milieu de son salon, écoutant attentivement les murmures, comme s'ils pouvaient le guider vers les réponses qu'il cherche désespérément. La quête de

M. Charpentier pour comprendre ce qui s'est passé à Paris et à lui-même ne fait que commencer.

1. Abri - Shelter
2. Animer - Animate
3. Desertes - Deserted
4. Église - Church
5. Étonnamment - Surprisingly
6. Flou - Blurry
7. Frissonne - Shivers
8. Lueur - Glow
9. Murmurer - Murmur
10. Obscurité - Darkness
11. Ombres - Shadows
12. Oppressant - Oppressive
13. Puzzle - Puzzle
14. Réverbères - Streetlights
15. Vacillante - Flickering

**Au-Delà du Temps**

Guidé par les murmures, M. Charpentier se retrouve dans son salon, devant une vieille radio qui semble être la source des voix. Intrigué, il allume l'appareil et une voix faible mais claire commence à parler d'une expérience scientifique qui a mal tourné, une tentative audacieuse de manipuler le temps et l'espace.

« Nous avons créé sans le vouloir une bulle temporelle autour de Paris, » explique la voix, révélant que cet incident est la cause de la disparition de la population et de l'isolement de M. Charpentier. La réalisation qu'il est coincé dans cette bulle temporelle le frappe de plein fouet.

Mais il y a de l'espoir. La voix dans la radio informe M. Charpentier qu'une équipe de scientifiques travaille sans relâche pour réparer l'erreur. Pour être sauvé, il doit atteindre un point précis de la ville avant le lever du soleil.

Rassemblant tout son courage, M. Charpentier se lance dans cette quête solitaire. Les ombres de la nuit, qui auparavant semblaient menaçantes, l'orientent désormais vers sa destination. « Est-ce possible qu'elles m'aident ? » se demande-t-il, alors qu'il traverse la ville endormie.

Au fur et à mesure qu'il avance, les premières lueurs de l'aube commencent à percer le ciel. M. Charpentier atteint finalement le point indiqué, son cœur battant d'espoir et d'appréhension. Soudain, une lumière éblouissante l'enveloppe, une force invisible le tirant hors de la réalité altérée.

Lorsqu'il ouvre les yeux, M. Charpentier se retrouve dans la station de métro, entouré par la foule matinale. Tout semble être revenu à la normale, comme si son aventure extraordinaire n'avait été qu'un rêve. Pourtant, le journal intime qu'il serre dans sa main est bien réel, preuve irréfutable de son incroyable voyage au-delà du temps.

M. Charpentier, encore sous le choc, regarde autour de lui. Les visages pressés des passants, les sons familiers de la ville, tout cela lui semble soudain précieux. « J'ai vraiment eu de la chance, » murmure-t-il, un sourire naissant sur ses lèvres. Il sait que cette expérience a changé sa perception du monde pour toujours.

En quittant la station de métro, M. Charpentier prend une profonde inspiration, prêt à embrasser la vie avec une nouvelle appréciation pour chaque moment. La ville de Paris, avec ses mystères et ses merveilles, continue de tourner, indifférente aux étranges caprices du temps et de l'espace qui ont failli l'engloutir.

1. Appréciation - Appreciation
2. Audacieuse - Daring
3. Aventure - Adventure
4. Bulle temporelle - Time bubble
5. Caprices - Whims
6. Éblouissante - Dazzling
7. Équipe de scientifiques - Team of scientists
8. Étranges - Strange

9.  Invisible - Invisible
10. Isolement - Isolation
11. Lueurs - Glimmers
12. Menace - Threat
13. Orientent - Guide
14. Perception - Perception
15. Quête - Quest

# Les Secrets de l'Hôpital

## Découvertes Inquiétantes

Frédéric, un docteur dévoué travaillant dans un hôpital psychiatrique, consacre sa vie à aider ses patients. Un jour, en faisant l'appel, il se rend compte qu'un patient manque à l'appel. Intrigué, il demande à ses collègues s'ils savent où se trouve ce patient, mais personne ne semble avoir de réponse.

Intrigué et quelque peu inquiet, Frédéric commence à enquêter discrètement. Ses recherches le mènent à une découverte troublante : plusieurs dossiers de patients disparus, éparpillés au fil des années, sans aucune explication ni résolution. « Comment est-ce possible ? » murmure-t-il, feuilletant les dossiers avec une inquiétude croissante.

Sentant que quelque chose de sinistre se cache derrière ces disparitions, Frédéric décide de confronter le directeur de l'hôpital. Lors de leur rencontre, le directeur semble visiblement nerveux et esquive habilement toutes les questions de Frédéric. « Tout est sous contrôle, Dr. Frédéric. Vous n'avez pas à vous inquiéter, » dit le directeur, évitant son regard.

Cette réaction ne fait qu'augmenter les soupçons de Frédéric. Il continue sa quête de vérité et découvre une porte verrouillée au sous-sol de l'hôpital, une porte qui ne figure sur aucun plan du bâtiment. Sa curiosité piquée au vif, Frédéric est déterminé à découvrir ce qui se cache derrière cette porte mystérieuse.

« Pourquoi cette porte est-elle verrouillée ? Que cachent-ils ici ? » se demande-t-il, scrutant la porte avec une appréhension croissante. La décision est prise : il doit découvrir ce qui se cache derrière cette porte, quel qu'en soit le prix.

Ainsi commence l'enquête de Frédéric, un voyage qui le mènera au cœur sombre des secrets de l'hôpital. Avec chaque pas vers la vérité, il se rend compte que les enjeux sont plus élevés qu'il ne l'avait jamais imaginé. Mais Frédéric est déterminé à faire la lumière sur ces mystères, pour le bien de ses patients et pour sa propre quête de justice.

1. Appréhension - Apprehension
2. Confronter - Confront
3. Curiosité - Curiosity
4. Déterminé - Determined
5. Dévoué - Devoted
6. Disparitions - Disappearances
7. Dossiers - Files
8. Enquête - Investigation
9. Esquive - Evasion
10. Inquiétude - Worry
11. Justice - Justice
12. Mystérieuse - Mysterious
13. Nerveux - Nervous
14. Psychiatrique - Psychiatric
15. Sinistre - Sinister

**Derrière la Porte Cachée**

Frédéric est déterminé à trouver la clé de la porte secrète au sous-sol de l'hôpital. Ses recherches l'amènent à interroger discrètement les infirmiers, mais il rencontre une résistance. « Je ne sais rien, Dr. Frédéric, » répondent-ils, visiblement mal à l'aise.

Une nuit, Frédéric décide de prendre le risque d'entrer dans le bureau du directeur. Son cœur bat la chamade alors qu'il fouille discrètement, et finalement, il trouve une clé soigneusement cachée. « C'est elle, » murmure-t-il, la clé en main, prêt à découvrir les secrets de l'hôpital.

Armé de courage, Frédéric se dirige vers la porte secrète. Il insère la clé, et la porte s'ouvre avec un grincement. Devant lui, un couloir sombre et froid s'étire, semblant engloutir toute lumière. Des bruits étranges, presque des murmures, résonnent contre les murs, augmentant son appréhension.

À l'intérieur, il découvre une salle remplie de dossiers sur les patients disparus. Les notes cryptiques à l'intérieur révèlent une vérité terrifiante : certains patients étaient soumis à des expériences non autorisées et extrêmement dangereuses. « Mon Dieu, qu'ont-ils fait ? » s'exclame Frédéric, horrifié par la découverte.

Alors qu'il examine les dossiers, des pas précipités résonnent derrière lui. Se retournant brusquement, il voit le directeur, le visage déformé par la fureur. « Vous n'auriez jamais dû trouver cela, Dr. Frédéric ! » crie le directeur.

Sans perdre une seconde, Frédéric s'enfuit, les dossiers serrés contre lui. Il sait qu'il a découvert un secret que l'hôpital voulait garder caché à tout prix. « Je dois agir, je dois faire éclater la vérité, » se dit-il, déterminé plus que jamais.

La découverte de ces expériences met en lumière les dangers qui se cachent dans les ombres de l'hôpital. Frédéric comprend qu'il doit prendre les mesures nécessaires pour protéger les patients et révéler au monde les horreurs commises derrière la porte cachée. Sa mission de justice ne fait que commencer, et il est prêt à affronter les obstacles, quel qu'en soit le coût.

1.  Affronter - Confront
2.  Appréhension - Apprehension
3.  Chamade - Racing (Heart)
4.  Cryptiques - Cryptic
5.  Déformé - Distorted
6.  Déterminé - Determined
7.  Engloutir - Engulf
8.  Expériences - Experiments
9.  Fureur - Fury
10. Grincement - Creaking
11. Horreurs - Horrors
12. Infirmiers - Nurses
13. Justice - Justice
14. Murailles - Walls
15. Résistance - Resistance

## Affronter la Vérité

Armé des preuves trouvées derrière la porte secrète, Frédéric décide de confronter le directeur de l'hôpital. « Comment pouvez-vous justifier cela ? » demande-t-il, étalant les dossiers sur le bureau du directeur.

Le directeur, pâle mais defiant, nie toute implication. « Ces accusations sont ridicules, Dr. Frédéric. Vous n'avez aucune preuve concrète, » répond-il, tentant de minimiser la situation.

Frédéric, cependant, reste inébranlable. « Si vous ne prenez pas vos responsabilités, j'irai à la police avec ces dossiers, » menace-t-il, la voix ferme.

Le directeur, sentant la situation lui échapper, propose alors un marché à Frédéric pour acheter son silence. Mais Frédéric refuse catégoriquement. « Non, je ne me tairai pas. La vérité doit être connue, » réplique-t-il avec détermination.

Conscient qu'il ne peut pas affronter cette situation seul, Frédéric contacte un ami journaliste. Ensemble, ils préparent un article détaillé exposant les pratiques horrifiantes découvertes à l'hôpital. « C'est notre devoir d'informer le public, » affirme Frédéric, motivé par un sens profond de justice.

Pendant ce temps, le directeur, de plus en plus désespéré, tente d'intimider Frédéric pour le dissuader de poursuivre. Des menaces anonymes commencent même à apparaître, visant à effrayer Frédéric. « Ne te mêle pas de ce qui ne te regarde pas, » lit-il un jour dans une note laissée sur son pare-brise.

Malgré la peur et l'incertitude, Frédéric reste déterminé à aller de l'avant. « Je ne me laisserai pas intimider, » se promet-il, trouvant du courage dans sa conviction.

Lorsque l'article est finalement publié, les révélations choquent l'opinion publique. Les gens sont horrifiés d'apprendre ce qui se passait derrière les murs de l'hôpital psychiatrique. Face à la pression montante, une enquête officielle est lancée, et plusieurs employés, y compris le directeur, sont interrogés par les autorités.

Le directeur est suspendu en attendant les résultats de l'enquête, une victoire amère pour Frédéric. Bien que soulagé que la vérité soit enfin révélée, il ne peut s'empêcher de ressentir une profonde tristesse pour les victimes des expériences de l'hôpital.

« C'est le début d'une longue bataille, » se dit Frédéric, conscient que la route vers la justice est encore longue. Mais il sait aussi qu'il a fait ce qu'il fallait, et cela lui donne la force de continuer à se battre pour ceux qui n'ont pas pu se défendre eux-mêmes.

1. Accusations - Accusations
2. Anonymes - Anonymous
3. Concrète - Concrete
4. Conviction - Conviction
5. Défendre - Defend
6. Détail - Detail
7. Dissuader - Deter
8. Horrifiantes - Horrifying
9. Incertitude - Uncertainty
10. Interroger - Interrogate
11. Menace - Threat
12. Opinion publique - Public opinion
13. Pression - Pressure
14. Responsabilités - Responsibilities
15. Victoire - Victory

**Vers un Nouvel Horizon**

À la suite de la publication de l'article et de l'enquête qui s'ensuit, les révélations sur les expériences menées à l'hôpital secouent profondément la communauté. L'ampleur de ces expériences horrifiantes est finalement mise en lumière, conduisant à l'arrestation de plusieurs employés impliqués.

L'hôpital est placé sous tutelle gouvernementale, une mesure radicale mais nécessaire pour garantir la sécurité et le bien-être des patients. Les familles des victimes, longtemps laissées dans l'ignorance, sont enfin informées de la vérité derrière la disparition de leurs proches. « Nous ferons tout notre possible pour réparer les torts commis, » assure le nouveau directeur de l'hôpital lors d'une réunion avec les familles.

Frédéric, au cœur de ces bouleversements, est considéré comme un héros pour son courage et sa détermination à révéler la vérité. Mais lui, il ressent un mélange complexe de soulagement et de tristesse. « Je suis content que la vérité soit enfin connue, mais je ne peux m'empêcher de penser à tous ceux qui ont souffert, » confie-t-il à un collègue.

Les patients de l'hôpital, autrefois sujets à des traitements inhumains, reçoivent désormais les soins appropriés qu'ils méritent. Frédéric, malgré les propositions d'autres établissements, choisit de rester à l'hôpital pour contribuer à sa transformation. « C'est ici que je suis le plus utile, » dit-il, motivé par un désir de changement.

Sous sa direction, l'hôpital connaît une réforme complète de ses pratiques de soins. Il devient un modèle de traitement psychiatrique, respectueux de la dignité et des droits de chaque patient. Frédéric reçoit de nombreuses lettres de remerciements de la part de patients et de leurs familles, des mots qui lui réchauffent le cœur.

Déterminé à empêcher que de telles atrocités se reproduisent, Frédéric se consacre à la prévention des abus dans le domaine psychiatrique. La porte secrète, symbole des horreurs passées, est murée, une décision symbolique mais forte.

Frédéric trouve la paix dans la conviction d'avoir fait une réelle différence. « Nous avons tourné une page sombre de notre histoire. Maintenant, nous pouvons regarder vers l'avenir avec espoir, » dit-il lors d'une conférence sur l'éthique médicale.

Son engagement envers ses patients et sa quête de justice ont non seulement transformé l'hôpital mais ont aussi inspiré de nombreux professionnels du secteur à suivre son exemple. Frédéric regarde vers l'avenir, prêt à relever de nouveaux défis, fort de la certitude d'avoir contribué à un monde meilleur.

1. Abus - Abuse
2. Arrestation - Arrest
3. Atrocités - Atrocities
4. Bouleversements - Upheavals
5. Conférence - Conference
6. Conviction - Conviction
7. Détermination - Determination
8. Éthique - Ethics
9. Gouvernementale - Governmental
10. Inhumains - Inhuman
11. Murée - Walled up
12. Prévention - Prevention
13. Réforme - Reform
14. Révélations - Revelations
15. Tutelle - Guardianship

### Renaissance d'un Hôpital

Un an s'est écoulé depuis les révélations qui ont secoué l'hôpital psychiatrique. Sous la direction de Frédéric, l'établissement a connu une transformation remarquable. « Nous avons travaillé dur pour changer les choses ici, » dit Frédéric à son équipe lors d'une réunion matinale. « Et vos efforts ont porté leurs fruits. L'hôpital est méconnaissable. »

En tant que nouveau directeur, Frédéric a instauré des politiques de transparence et de communication ouverte. « La sécurité de nos patients et de notre personnel est notre priorité absolue, » explique-t-il lors d'une visite des nouvelles installations. Ces changements ont rétabli un sentiment de confiance et de sécurité au sein de l'hôpital.

Pour soutenir les victimes des expériences passées, Frédéric lance des programmes de soutien psychologique. « C'est le moins que nous puissions faire, » confie-t-il à un groupe de familles lors d'une cérémonie commémorative. Grâce à des fonds spécialement alloués, l'hôpital améliore également ses installations, rendant l'environnement plus accueillant et fonctionnel.

Reconnu pour son engagement envers l'éthique médicale, Frédéric est invité à donner des conférences partout dans le monde. « Votre courage nous inspire tous, » lui dit un collègue lors d'une conférence internationale. Cette reconnaissance va bien au-delà des frontières de l'hôpital, touchant la communauté médicale mondiale.

Les familles des patients disparus trouvent un certain réconfort dans les actions de Frédéric. « Vous avez redonné de l'espoir à beaucoup de gens, » lui dit une mère reconnaissante. En hommage aux victimes, Frédéric crée un mémorial au sein de l'hôpital, un lieu de recueillement et de mémoire.

« Ce mémorial nous rappelle notre devoir envers chaque patient, » déclare Frédéric lors de son inauguration. L'hôpital embrasse une nouvelle culture de soins et de respect, guidée par l'exemple de Frédéric.

Personnellement, Frédéric prend le temps de veiller sur ses patients, s'assurant que chacun reçoit l'attention et les soins nécessaires. « Vous avez vraiment changé notre hôpital, » lui dit un patient reconnaissant.

L'hôpital est désormais un lieu d'espoir et de guérison, un phare pour ceux en quête d'aide. Et au milieu de ce renouveau, Frédéric trouve l'amour, un rayon de lumière inattendu dans les ténèbres passées.

Tourné vers l'avenir, Frédéric est prêt à relever de nouveaux défis, fortifié par les leçons du passé. « Nous avons beaucoup appris, et nous continuerons à grandir, » dit-il, optimiste. L'hôpital, sous sa direction, est prêt à écrire un nouveau chapitre, porté par l'espoir et la détermination de faire la différence.

1. Accueillant - Welcoming
2. Cérémonie commémorative - Commemorative ceremony
3. Détermination - Determination
4. Engagement - Commitment
5. Fonds - Funds
6. Guérison - Healing
7. Hommage - Tribute

8. Inauguration - Inauguration
9. Installation - Facilities
10. Mémorial - Memorial
11. Optimiste - Optimistic
12. Phare - Beacon
13. Politiques de transparence - Transparency policies
14. Reconnaissance - Recognition
15. Soutien psychologique - Psychological support

French Graded Readers

www.briansmith.de